D1596573

Date: 1/26/22

SP FIC FERRERO
Ferrero, Laura,
La gente no existe /

La gente no existe

Laura Ferrero

La gente no existe

ALFAGUARA

Papel certificado por el Forest Stewardship Council®

MIXTO
Papel procedente de
fuentes responsables
FSC® C117695

Penguin
Random House
Grupo Editorial

Primera edición: enero de 2021
Primera reimpresión: febrero de 2021

© 2021, Laura Ferrero
por mediación de MB Agencia Literaria, S.L.
© 2021, Penguin Random House Grupo Editorial, S.A.U.
Travessera de Gràcia, 47-49. 08021 Barcelona

© Diseño: Penguin Random House Grupo Editorial, inspirado en un diseño original de Enric Satué

Printed in Spain – Impreso en España

ISBN: 978-84-204-5464-1
Depósito legal: B-14493-2020

Compuesto en MT Color & Diseño, S.L.
Impreso en Unigraf, Móstoles (Madrid)

AL54641

Índice

A nosotros, los que fuimos

y, sobre todo,

a Elisa y a Paco. A su hija Lourdes, de ocho años, que sonríe en el porche de esa casa en la que siempre son felices.

*Mucho tiempo atrás, antes de convertirme en
una artista atormentada, atravesada por el
anhelo y sin embargo incapaz de crear vínculos
duraderos, mucho antes de eso, fui la gloriosa
soberana que unió a un país dividido —o eso
me dijo la adivina que me leyó la palma de la
mano—. Grandes maravillas, dijo ella, te
esperan, o tal vez hayas dejado atrás; es difícil
estar segura. En realidad, añadió, ¿qué más da?
En este momento no eres más que una niña
cogida de la mano de una adivina. Todo lo
demás es conjetura y deseo.*

LOUISE GLÜCK, *Teoría de la memoria*
(traducción de la autora)

Muchas posibilidades

A veces, Amelia se esconde detrás de la verja y se queda ahí, de pie, observando cómo sus compañeros de clase, que salen en tropel, se abalanzan al cuello de esas madres que los esperan a la salida del colegio con los bocadillos envueltos en papel de plata, donuts para los afortunados, y bollycaos si aún hay más suerte. A Amelia le gusta quedarse ahí, a caballo entre los dos mundos, la escuela y la calle, agarrada a esa mochila en la que Cobi extiende los brazos con traje y corbata. *«Friends for life»*, se lee en el bolsillo exterior. De puntillas, mirando a través del jazmín enredado en los barrotes, fantasea por unos segundos. Observa a las madres de sus compañeros, de sus amigos, y piensa en cómo sería ser hija de Susana, por ejemplo, que va a buscar a Matías con un 4×4 enorme de color blanco que aparca en la esquina. O de Pati, la madre de Tito, su mejor amigo, que no tiene marido porque se murió pero tiene una casa con piscina a la que Amelia va muchos viernes. O de Antonia, tan divertida y cariñosa siempre, la madre de Alejo, al que el Ratoncito Pérez le trajo un viaje a París de regalo: le dejó una tarjeta debajo de la almohada y en ella se recortaba la silueta de la torre Eiffel.

En ocasiones, Amelia también fantasea con regalos caros escondidos en cajas de terciopelo, piscinas en frondosos jardines y madres que guardan en el bolso cruasanes recién hechos, bombones con guindas por dentro o bocadillos de mantequilla de cacahuete, como suele ver en las series. Pero sabe que también hay otras madres como Leonor, la de Ana, la niña más lista de clase, y Leonor es de esas madres, las peores, que llevan para merendar fruta cortada en un tupper, o frutos secos, y «eso sí que no podría soportarlo», se dice Amelia. Al menos, se reconforta, la suya, en algunas ocasiones, cuando su padre no está, le deja comerse una tostada de nocilla de dos colores.

Su madre la espera en la esquina de siempre charlando con las otras madres: la de Matías, la de Ana. Recibe a Amelia con los brazos abiertos y el bocadillo en el bolsillo de la gabardina; y lo saca cuando llega su hija y la reprende por salir, como ya es costumbre, más tarde que ningún otro niño de su clase.

—Nos vamos a ver pisos —se despide de las otras madres—. A ver si encontramos algo ahora que ya podemos mudarnos del barrio ese en el que vivimos.

Ninguno de sus amigos de clase ha estado nunca en su casa, el pequeño piso sin ascensor del «barrio ese» donde viven sus padres y ella. De manera que celebran los cumpleaños de Amelia en cafeterías, en parques, incluso una vez lo hicieron en el jardín de Tito porque los dos cumplen el mismo mes. Amelia se queja porque quiere invitar a sus amigos a casa, pero su madre no da el brazo a torcer: viven lejos, dice, demasiado lejos. Sin embargo, desde hace un par de meses, ha decidido que van a mudarse y Amelia la acompaña todos los viernes, cuando sale del colegio, y pasan la tarde entre laberínticas casas unifamiliares con piscina interior y jardín, y amplios y exclusivos áticos con galerías y vistas al parque. Ha aprendido a no preguntar demasiado y mucho menos cuando hay gente delante. Y muchísimo menos de dinero, aquel dios pequeño y burlón, como dice su madre, que las separa, por fuerza, de una vida completa, del zumbido sin interferencias de la auténtica felicidad.

A sus nueve años, Amelia se ha acostumbrado a que su madre cambie de opinión y a que cuente cosas distintas según el interlocutor frente al que se encuentre. Dice, por ejemplo, que están en «el barrio ese» porque la abuela está muy mayor y no pueden dejarla sola. O porque la consulta de su marido está muy cerca, tan cerca que así puede regresar a casa a comer, él, que es muy casero. Pero su padre no tiene ninguna consulta. Antes sí. Ella recuerda aún esos tiempos y le llegan destellos de su primera infancia, del apartamento en la playa, de esa vez que fueron a Estados Unidos y alquilaron un coche: el cinturón de seguridad automático que bajaba por el riel superior hasta encajarse él solo en la hebilla. También la foto que tiene con Goofy frente al castillo de Disney y el melón de color naranja, cantalupo se llamaba, que sabía tan extraño y que le dieron en una bandejita de plástico cuando pararon en aquella área de servicio.

Por otro lado, su abuela, que es la que le paga el colegio, no es mayor. El año anterior, el verano en que la ciudad se engalanó para recibir los Juegos

Olímpicos, la vieron llegar a casa de la final de España contra Polonia y, con amigas suyas, también viudas, se habían pintado la bandera de España en la mejilla y contaban que se habían subido a la silla para corear «Quico, Quico, Quico» cuando el jugador marcó el gol que dio el oro a España.

Amelia nunca sabe qué responder cuando le preguntan por su casa y hace poco se sorprendió diciendo, una tarde en la piscina de Tito, que ellos también tenían una piscina en el terrado y que la suya era incluso un poco más grande y había unos salvavidas naranjas con los que el socorrista —porque también se inventó al socorrista— le dejaba jugar.

Cuando se despiden de sus compañeros y de las demás madres, enfilan la avenida de sauces llorones y Amelia escucha atentamente todo tipo de detalles sobre los pisos que van a ver.

—Hay uno que me gusta más que el otro, Ame —dice mientras bajan por la calle Escoles Pies—. Porque tiene una salita de billar que podríamos reconvertir en un cuarto de juegos para ti. Como el de Tito. ¿Qué te parece?

Su madre, alta y elegante sobre sus zapatos de charol, que a Amelia le parecen los más bonitos del mundo, se aparta el flequillo y le lee el recorte que lleva en el bolso: «Especial familias, muchas posibilidades. Espectacular ático dúplex con piscina privada situado en una de las mejores calles del Turó Parc. Finca con conserje y servicio de vigilancia. Vivienda rodeada de amplias terrazas, con el espacio principal en una planta y la zona de servicio y piscina en el piso superior».

Amelia asiente y se ilusiona por las posibilidades, y, cuando llegan a la dirección indicada, el vendedor ya las está esperando y se adentran en una portería elegante y saludan al portero. Les enseña el ático y entre suspiros y exclamaciones de su madre, el vendedor cuenta que es uno de los pisos más bonitos que ha visto jamás.

—El precio no será un problema para nosotros —escucha finalmente—. Viví un tiempo en un piso muy parecido a este —empieza su madre—. Trabajaba en Londres y vivía en una zona preciosa, llena de jardines. Era adjunta de dirección de una empresa textil.

—Qué interesante —responde el vendedor—. Barcelona le parecerá un pueblo comparada con Londres.

—Una se acostumbra a todo. Pero estaríamos mejor en una casa como esta, eso seguro. Es que por motivos familiares vivimos lejos de aquí, ¿sabe?

Cuando se despiden, apresuran el paso todo lo que los zapatos de charol le permiten a la madre.

—Ay, Ame, qué nostalgia. Londres..., eso sí que era una ciudad. ¿Te imaginas que viviéramos ahí? ¿Cerca de Regent's Park? Un día de estos, cuando tú seas un poco mayor, volveré a la empresa y ya verás —le dice—. Nos iremos tú y yo.

Cuando sus padres se enfadan siempre es de noche y Amelia escucha las discusiones camufladas entre los diálogos de las películas que ven. Su madre exclama, con grandilocuencia y desconsuelo, que ya ha tenido suficiente de esa vida y entonces Amelia se hace una bola debajo del edredón. «Si tan lista eres, eh, ¿qué haces aquí con un fracasado como yo?», dice su padre. Y Amelia se enfada con su padre aunque tampoco sabe bien por qué. Supone que son cosas de ese dios pequeño y burlón, de las vacaciones, de querer algo que nunca tiene, pero la retahíla de quejas y lamentos de su madre siempre queda ahogada por la misma frase de su padre: «No será con lo que tú ganas, ¿no, bonita?». La discusión termina y Amelia escucha lloros e incluso algún portazo. Pero luego, al día siguiente, su madre está risueña y la acompaña de nuevo a la parada de autobús del colegio.

La segunda visita es una «exclusiva casa unifamiliar con jardín en Pedralbes. A reformar, muchas posibilidades», que tiene tres plantas y un jardín inmenso aunque descuidado, con una única palmera seca, moribunda, y una cabaña.

—Yo dormiré ahí —exclama, feliz, Amelia.

El vendedor sonríe:

—Es la casa donde el jardinero guarda las herramientas.

No hay sala de juegos en esta casa, diáfana y clara, aunque revestida de azulejos pasados de moda y gotelé. Lo único nuevo son las persianas automáticas que el vendedor les va enseñando, y a Amelia le parece mágico que tocando un botón se vayan oscureciendo las estancias a medida que las abandonan para entrar en otras.

—¿Qué te parece, Ame? ¿Nos la quedamos?

—Me gustan las persianas —responde.

—Tiene usted una hija deliciosa —dice el vendedor con una sonrisa de complicidad.

18

—El dinero no es ningún problema —vuelve a decir su madre—. Pero necesitaríamos mudarnos ya... y, además, esto de que aún no hayan terminado la pista de tenis del complejo y que en el anuncio del periódico conste como que sí... No sé si a mi marido le va a encajar, ¿me comprende?

El vendedor asiente.

—Pero sí, lo pensaremos. La verdad es que el lugar es envidiable, aunque claramente necesita una buena reforma. Y ya que estamos, sé que es una tontería, pero a mí esa palmera solitaria del jardín..., ¿podríamos quitarla? La he visto muy sola, ¿sabe? Como si fuera una metáfora...

La madre espera que el vendedor la siga, pero este enarca las cejas esperando que continúe. Amelia se retira un poco. Siente que vuelve a embargarla esa sensación extraña. De angustia, de desazón. La asalta una vez más esa palabra que le quema por dentro. Que le quema en los labios.

—¿Una metáfora? —pregunta el vendedor.

—De la soledad, quiero decir...

—Bueno, en cualquier caso, la palmera puede quitarse. Claro.

Cuando se despiden del vendedor, Amelia le pregunta qué es una metáfora.

—Hija, hoy en día no aprendéis nada en el colegio. Es como si tienes la piel muy suave y yo digo: «Tienes la piel de terciopelo». O «como la seda».

—Pero ¿y la palmera?

—Bueno, da igual, hija..., entre tú y tu padre. Menudas dos mentes privilegiadas que tengo en casa, por dios.

De camino a la parada del autobús, su madre sigue citando más ejemplos de metáforas y Amelia asiente embelesada. Después, rememora otra vez los tiempos en que vivía en Londres y trabajaba. Ahora, su madre, «temporalmente», como siempre dice, ha decidido no trabajar. Fue después de lo que le sucedió a su padre en la consulta, lo de la palabra tabú: *arruinarse*.

—Bueno, tampoco es que nos hayan encantado los pisos, ¿no, Ame?

—Ya —dice Amelia.

—Así que igual tampoco hace falta que se lo digamos a tu padre. Cuando tengamos la casa que nos guste se lo decimos. Así, de sorpresa.

—¿La podremos comprar?

—¡Pero claro! ¿Qué clase de pregunta es esa?

En la marquesina, esperando el autobús, Amelia piensa en confesarle a su madre la mentira que le dijo a Tito. Le da miedo que la puedan descubrir, pero al final opta por no hacerlo y suben al autobús. Por un momento cree que va a regresar esa sensación extraña, la palabra que le quema en la garganta. Pero pronto se distrae mirando a un bebé que duerme tranquilo dentro de un cochecito. Son diez paradas hasta que llegan a Plaça Catalunya, donde se apearán para ir hacia el metro. Cinco paradas más hasta casa, «el barrio ese». Amelia podría hacer el recorrido de memoria.

Su madre quiere marcharse del barrio y su padre siempre dice que no tienen dinero y que si quería un hombre rico, que habérselo pensado antes.

—Yo me merecía otra cosa —había escuchado Amelia que su madre le decía a una amiga por teléfono.

A veces, Amelia, cuando la observa desde la puerta del colegio, desearía decirle que no se preocupe por ella, que vuelva a trabajar, a Londres. A ser adjunta de dirección. Directora. Pero también recuerda aquello que le gritó su padre —«mentirosa»— en otra de sus discusiones. Sin embargo, Amelia nunca sabe. En su cabeza, su madre es una mujer capacitada para hacer cualquier cosa que se proponga. Cualquier cosa.

En el metro, las dos agarradas a la barra central, haciendo malabarismos para no caerse, su madre le pregunta qué quiere cenar y Amelia le pide fajitas.

—¿Cuándo nos mudaremos, mamá?

—Pronto. Hay que encontrar la casa que nos guste, ¿no?, la casa perfecta. En Londres me costó mucho encontrarla, no te creas. Piensa que trabajaba tanto que salía tarde y ya cerraban las inmobiliarias, que los ingleses lo hacen todo muy temprano... ¡Yo cenaba a las siete máximo, imagínate!

—¿Volverás a trabajar algún día?

—Amelia, cariño, entonces ¿quién iba a cuidar de ti?

—Tito tiene una canguro. Yo también podría tener una canguro. O la abuela.

Observa cómo las puertas del metro se cierran y también las uñas ligeramente descascarilladas de la madre. Vuelven a agarrarse a la barra central, que está caliente de otras manos, y Amelia desplaza las suyas hacia la parte inferior, donde intuye que estará el frío. Piensa de nuevo en la palmera, en la metáfora de la palmera.

Siente, de repente, que los ojos se le empañan. Hay una palabra que le quema. La tiene atragantada desde hace días, meses. Cuando la madre recoge la mesa, cuando dobla meticulosamente los pañuelos de algodón con las iniciales del padre. Cuando rememora Londres y Regent's Park pero nunca le enseña fotos de esa época, o cuando aquel día, ayudándola con redacción de clase de inglés, confundió *chicken* con *kitchen* y Amelia no quiso sacarla del error. O cuando devuelve ropa que se ha puesto pero que no puede pagar. O la historia de aquel novio que tuvo que vivía en una mansión con las picas de mármol y un chófer «con gorra y todo». A veces, la palabra le quema en los labios y tiene ganas de llorar. Porque últimamente siente que su madre tiene miedo. Que está asustada y sola, agarrada a la barra central de un metro del que no se atreve a bajar.

Decide decirla, la palabra. Pero se da cuenta de que solo queda una parada y en el vagón han entrado unos rumanos con el acordeón y cantan que *«cerco un centro di gravità permanente»* y su madre hace amago de moverse, como si bailara, para hacerla reír, y Amelia, incómoda, se fija en la tirita despegada que le sobresale por el exterior del charol azul eléctrico del zapato izquierdo. Le arden los ojos, y vuelve la palabra, pero a veces duda, porque teme equivocarse, y el metro se está ya deteniendo al llegar a su parada y, antes de bajar, empieza:

—Mami...

Pero se detiene en seco. Le quema el corazón y se queda en silencio. Salen del vagón y su madre ni siquiera la ha escuchado.

No va a decirla.

Amelia crece, se hace mayor, mientras avanzan por el andén y su madre le va relatando aquella vez en que, estando en Londres, un hombre que era dueño de una fábrica de muebles de diseño se quiso casar con ella, pero ella dijo que no. «Con cuál de las casas que hemos visto hoy te quedas, ¿eh, Amelia?, va, que estás muy callada. Ay, cómo me apetece que hagamos juntas unas fajitas para cenar.» Y mientras suben las escaleras que las llevan por fin al exterior, a ese barrio alejado de las piscinas y de los 4×4 que esperan a los niños en la esquina, Amelia agarra con fuerza la mano de su madre, que se ríe y le dice que no sea tan bruta. Que le duelen los dedos de la fuerza y que haga el favor de soltarla. Pero Amelia no quiere y, aunque está disgustada, incluso asqueada, sabe que su único deber es seguir agarrándola para que ella, la madre y la mujer que cree ser, se quede. Porque si la suelta, desaparecerá.

Gangrena

Desde hace tiempo,
me acostumbré a estar muerta.
WILHELM JENSEN, *Gradiva*

Durante años lloré en las bodas. Había dos momentos concretos en los que tenía que hacer esfuerzos para evitar el llanto. En primer lugar, cuando la novia entraba en la iglesia. Era quizás el color blanco, la tela aún impoluta de la cola del vestido deslizándose por el suelo, volviéndose gris, sucia, el padre que llevaba a su hija del brazo a entregársela a ese otro hombre que, amoroso, la esperaba. Los hombres entregan a las mujeres, pasan de unas manos a otras como si solas se cayeran, como si ellos fueran las ramas que las sostienen.

Cuando las veía entrar, a las novias de blanco, con sus tacones, sus velos, y avanzar por los estrechos y floreados pasillos de la iglesia, a mí, que no tenía padre pero sí había tenido muchos novios, se me enrojecían los ojos.

«Yo te recibo a ti como esposo y me entrego a ti y prometo serte fiel en la prosperidad y en la adversidad, en la salud y en la enfermedad, y así amarte y respetarte todos los días de mi vida.»

Lo repetían por turnos, como si con una vez no bastara, con la mirada al frente, hacia el futuro, infinitos días numerados, pero los que estábamos sentados en los bancos sabíamos que habría divorcios, que los anillos de pedida terminarían vendidos en una web de segunda mano o fundidos en medallones de

25

comunión, que los niños quedaban bonitos en las fotografías pero que luego eran demasiados pañales y sacrificio, que la suegra y el suegro, que el amor, ay, el amor a veces se quedaba tan solo, tan raquítico, que terminaba por desaparecer hasta de las fotografías.

En la iglesia, el cura solía hablar de inicios, de la nueva vida que se extendía ante aquella promesa. Nunca escuché a nadie que dijera la verdad.

Ya fuera de la iglesia, había otro momento en que tenía que hacer esfuerzos para no llorar: el discurso. Solían ser los novios los que, en medio de la cena, o al terminar, antes de dar comienzo el baile, cogían un micrófono y sacaban del chaqué un tímido papelito doblado. Se levantaban y, mirándolas a ellas, empezaban.

Nunca logré terminar de escuchar ninguno de esos discursos. La última vez fue en una boda en París. El novio, llorando, emocionado, miró a su ya mujer con los ojos rojos también y le dijo: *«Tu es la femme de ma vie»*. Salí corriendo, sorteando a la gente, pisando solo con la parte delantera del pie para que el tacón no se hundiera en el césped, sintiendo que de repente volvía el frío, aunque fuera agosto, que regresaban la rigidez y el entumecimiento en los dedos pequeños de los pies, aferrados con fuerza a las suelas de las sandalias.

Me encerré en el baño y, sentada sobre la tapa del váter, lloré. No eran lágrimas de emoción sino de incredulidad, de rabia. Era esa tristeza que me estrechaba, que me oprimía. Como un hueso de ciruela que se hubiera quedado atascado en la garganta, dejando el suficiente espacio para respirar pero asfixiándome lentamente.

Podía sentir aún ese dolor antiguo, adormecido, que se cernía sobre aquellos dedos pequeños, liberados ya de las tiras de las sandalias, que descansaban en el suelo frío del baño. La piel antigua, la memoria de la piel, tiritaba debajo de la nueva. Podía sentirlo. Entonces, como en un fogonazo, regresó la imagen de un hombre vestido con una bata blanca que me preguntaba, como había sucedido quince años atrás, por qué. Por qué había estado dos horas caminando sola a través de la nieve y del hielo de febrero si llevaba puestas unas míseras bailarinas y unas medias de rejilla finas.

—Podrías haber perdido los dedos de los pies.

Asentí y musité cualquier cosa, quizás un «lo siento», aunque no le dije la verdad. No le dije que lo había hecho porque me lo merecía. Estoy segura de que el médico no lo hubiera entendido.

Aquellos episodios, las lágrimas y el recuerdo de la piel fría y muerta, esa gangrena atemporal que se cernía sobre los dedos de los pies, me sobrevenían únicamente en las bodas. Fue cuando escuché aquello, *«tu es la femme de ma vie»*, cuando entendí que era entonces, durante la ceremonia, cuando observaba desintegrarse una y otra vez aquel globo lleno de deseo mantenido durante largos años. El deseo que era a la vez miedo, un temor hondo y oscuro, casi violento, que me angustiaba cuando proyectaba en aquellos discursos felices las grietas de mi propia decepción, esa pregunta, un ruego, si acaso, el «cómo has llegado hasta aquí», y no me refería solamente al lugar de la celebración. Me refería al momento exacto en el que sabes que estás muy cerca de alcanzar el punto de no retorno.

Por eso, la de París fue la última boda a la que asistí.

La gangrena es la muerte de tejidos orgánicos que se produce por la falta de riego sanguíneo o por la infección de una herida. Hay muchos tipos de gangrena, y antes de saber lo que era, antes de que me ocurriera a mí, bromeaba a menudo. «Qué frío, casi se me ha gangrenado la nariz.»

La gangrena real, sin embargo, poco tiene que ver con esas frases trilladas que usamos cuando se nos enrojecen las orejas o los nudillos bajo los guantes de goretex. La gangrena se parece a una muerte, a una amputación. Una carcoma que, lenta pero firme, avanza de manera imperceptible.

A los dieciocho años me fui a estudiar a una ciudad fría. En aquellos días, se había puesto de moda una canción de Fito y los Fitipaldis que decía: «escogiste a la más guapa y a la menos buena», y el chico que era mi novio entonces solía decir que la segunda parte de la frase le recordaba mucho a mí. Me quería, creo, pero lo hacía de una manera intermitente y supongo que por eso me dejó varias veces a lo largo de los tres años que salimos juntos. A menudo me transmitía una sensación desasosegante, la de que yo no era lo suficientemente buena para él, y no es que me lo hubiera dicho así, con esas mismas palabras, sino que, cuando se enfadaba, algo que ocurría con bastante frecuencia, me echaba en cara que no podía estar conmigo porque que me faltaban cosas.

Nunca supo aclararme de qué se trataba, qué eran todas aquellas cosas que me convertían en alguien incompleto y por debajo de los estándares, alguien a punto de suspender un examen del que no existía temario, pero estaba claro que yo poseía una tara que solo él podía detectar. Y por eso, porque él no se podía comprometer con alguien así, alguien a medias, acuñó aquella expresión, la de «estar a prueba», como si tuviera una garantía invisible para devolverme en cualquier momento.

Yo estudiaba primero de Periodismo y gané una beca gracias a mi expediente académico, lleno de matrículas de honor y comentarios que auguraban un futuro de éxito y la alfombra roja en cuanto terminara la carrera. A pesar de eso, nadie me había explicado jamás cuáles eran las pruebas que avalaban que una era buena, que era digna de ser amada, que no le faltaban cosas, así que yo me esforzaba en saber, en comprender, en dilucidar cuál era mi fallo.

Fue el primer chico al que besé entre copas de Malibú piña y vodka con lima, sabores dulzones que disfrazaban la amargura del alcohol. Al principio de estar juntos me hablaba a menudo de las estrellas, señalaba al firmamento e inventaba teorías sobre aquellos puntos parpadeantes.

Pero cuando el frío y el invierno empezaron a hacer imposible aquello de salir a contemplar estrellas, nos aficionamos a ver una serie de televisión cuya protagonista se llamaba Amanda. La daban los martes y los jueves por la noche y yo me escapaba del colegio mayor en el que vivía, a las afueras de la ciudad, para verla con él.

Amanda era rubia y de ojos verdes, coqueta, delgada pero bien proporcionada, como decía el chico, y salía con un hombre llamado Jeff que trabajaba en una inmobiliaria y tenía, además de a Amanda, a otra mujer, la oficial, de la que no recuerdo su nombre, pero sí que se peleaban porque Jeff siempre estaba cansado cuando llegaba a casa.

A mi novio le gustaba Amanda porque decía que había pocas mujeres como ella, aunque yo no entendía si con eso se refería a que no tuviera taras, carencias, o a algo más profundo: a que las mujeres como Amanda no existían.

Fue gracias a los libros que llenaban las estanterías del cuarto de planchar de casa de mis padres como supe lo que era el sexo. Se trataba de novelas románticas, y en ellas una mujer era deseada por varios hombres y la entrega de su virginidad, entendida la virginidad como si fuera un regalo que las mujeres hacemos a los hombres, era el objetivo principal que guiaba la historia. Ellas, heroínas rubias y hermosas, encandilaban a esos hombres en apariencia duros pero traumatizados por una madre castradora o una infancia exenta de cariño. Sin embargo, había algo oscuro y maquiavélico tras esas historias aparentemente bobaliconas: la presunción de que ellas, las mujeres encantadoras, iban a revertir el comportamiento errático de aquellos hombres inmaduros pero irresistiblemente seductores. O peor: la presunción de que ellas podían salvarlos, redimirlos del mal que habían causado para que su amor los transformara.

Fuera de los libros, en la vida, descubrí el sexo encerrada en un coche que detuvimos en un mirador apartado de la ciudad fría. No había estrellas fuera, ni luna. Estaba oscuro y el chico me obligó a desnudarlo. Me miró fijamente:

—¿Alguna vez has chupado una?

Le respondí que no y entonces me agarró la cabeza a la fuerza hasta aplastármela contra su entrepierna.

—Hazlo, va —rio.

Lo hice. A pesar del asco y de la tristeza. Se me dislocó la mandíbula y cuando acabó, cuando vi aquello, el líquido blanco, denso y pegajoso que yo no había visto nunca en la realidad, ni siquiera en la tele, tuve arcadas, abrí la puerta, salí y vomité. Él reía. Y sé, porque eso lo recuerdo, que lloré, hasta que su risa se fue desvaneciendo y puso música. Entonces me obligó a subirme de nuevo al coche diciéndome que ya era hora de que empezara a espabilarme, y yo movía la mandíbula de un lado al otro tratando de encajarla, pero no encontraba la manera.

Meses más tarde perdí la virginidad.

Él había inventado aquel concepto, estar a prueba, y cualquier cosa que contraviniera sus deseos señalaba esa garantía de devolución invisible. No hacerlo era una constatación más de mi carencia, de mis taras. Cuando terminamos, perpleja, asustada, viendo aquellas manchas de sangre sobre la sábana, él me dio las gracias. Al poco rato se marchó.

Aquella relación duró tres años. Años de mirarme al espejo buscando el fallo, el error, buscando a Amanda tras mi apariencia de niña asustada. Buscando justificaciones, explicaciones. A veces, recuerdo que encendía el televisor y, en la sección de sucesos del telediario, escuchaba que un hombre había matado a su mujer a golpes, a navajazos, y yo me escandalizaba. Eso solo ocurría en los polígonos de mala muerte, me decía. Eran mujeres analfabetas, mujeres con miedo. Pero a mí no podía ocurrirme.

Tardé muchos años en comprender que existe una infinidad de tipologías de abusos y que algunos de ellos ocurren en silencio y con el consentimiento adormecido de una de las partes. El consentimiento se llama estar a prueba. Se llama ceder. Se llama miedo a perder. Coacción. Se llama no pensaba que me estuviera ocurriendo a mí.

Este tipo de abuso deja otras marcas menos visibles y por ello es más difícil de detectar. En los programas de televisión no se habla de ellos ni de esa otra muerte, de la que vive dentro. Una muerte que no imposibilita vivir, respirar, sonreír o salir a hacer la compra. Una muerte que afecta los tejidos, las articulaciones, que favorece el entumecimiento lento pero definitivo del corazón.

A mí no, eso no podía ocurrirme: yo era una universitaria que sacaba matrículas de honor y sonreía, alegre siempre, una costumbre que nunca dejaría de arrastrar por consultorios, terapias, entrevistas de trabajo.

Yo sonrío siempre. En las fotos, cuando me presentan a alguien, cuando no sé qué decir. Cuando me equivoco, cuando me pierdo y no hablo el idioma de los demás. Cuando cada día paso por la portería de mi casa y digo: «Muy bien, gracias. Que tenga un buen día».

Hay gente que llora, gente que se vuelve egoísta. Gente que cae en depresiones.

Yo solo sonrío. Lo hago todo el tiempo. Así me defiendo.

Nunca se lo conté a nadie, solo a aquella mujer con la que compartí asiento en un autobús, cinco horas de trayecto hacia Madrid. Hablamos de todo con la confianza que da el anonimato de ser unas completas extrañas que se encuentran por casualidad. Me dijo que era psicóloga y cuando paramos en Lerma, en aquella área de servicio desvalida, en medio de la nada, se lo conté. Solo me preguntó por qué lo había permitido y no supe qué responderle. Ahora le respondería que lo hice porque no sabía que podía no permitirlo. Esa misma mujer, cuando terminé de contarle cómo era él, afirmó que eso era lo de menos.

—Ese hombre abusó de ti durante tres años —sentenció.

Pero yo nunca le había puesto ese nombre.

Cuando llegamos a la estación de Avenida de América me dio su tarjeta de visita y me pidió que por favor la llamara. Que quería hablar conmigo. Le prometí que lo haría y estuve a punto de hacerlo. Pero no pude. No supe dar con las palabras para seguir contándolo.

Los años de prueba terminaron un día de febrero en aquella ciudad del norte. Nevaba y estaba oscuro ya cuando, dentro de su coche, derramé sin querer un poco de Fanta de naranja sobre el asiento. Me gritó porque la tapicería estaba limpia. Porque dijo que no tenía cuidado. Porque era sucia y desconsiderada. Me hizo bajar e ir andando hasta el colegio mayor.

Recuerdo la tormenta de nieve y que yo llevaba unas bailarinas negras y unas medias de rejilla finas. Que me detuve en una marquesina, pero el autobús no llegaba. Que pensé entonces que aquello era una penitencia por algo que yo no llegaba a comprender.

El autobús nunca apareció y al rato empecé a andar por los caminos helados, hacia el pueblito en el que estaba el colegio mayor. A duras penas llegué y, al hacerlo, me di cuenta de que no podía mover los dedos de los pies, que estaban hinchados, muertos. Me habían estado doliendo mucho pero, de repente, pensé aliviada que el dolor empezaba a remitir. Fue poco después de esto, de pensar que todo estaba bien, cuando llegó la ambulancia y me desmayé.

Más tarde ya solo recuerdo al médico en ese pequeño cubículo de urgencias, la luz cenital que caía sobre mis pies vendados. El médico me miraba asustado, como si no pudiera dar crédito.

—¿Por qué no cogiste un taxi?, ¿por qué no te quedaste en una cafetería esperando a que alguien te recogiera?

Pero no sabía qué responder a esas preguntas. Sabía, sin embargo, que merecía el frío y la soledad, y que tampoco podía ser tan grave, puesto que había dejado de doler. Ignoraba que el entumecimiento significa que ya no hay nada que hacer: el tejido está muerto. Y los muertos nunca regresan a la vida.

De niños, mi hermano y yo nos resguardábamos del calor del verano en una piscina hinchable que mis abuelos colocaban en el jardín. De esas piscinas aprendí que el agua podía escaparse por agujeros diminutos y casi imperceptibles. A veces no lográbamos descubrir dónde estaba el agujero, pero eso daba igual: terminábamos comprando una piscina nueva.

Lo que me ocurrió, ahora lo entiendo, es algo parecido a eso.

En las bodas siempre lo veo a él y yo corro y me escondo en el baño porque sé que existen esos agujeros invisibles por los que se escurre la vida. En las bodas, en el pasillo de las iglesias, en los discursos rebosantes de felicidad, regresan también mis dedos de los pies de color azul. Y aquel médico joven que lleva, bajo la bata blanca, la camisa impoluta abrochada hasta el último botón, me pregunta que cómo se me ha ocurrido ir andando hasta casa con la que está cayendo. Lo hace como si yo no pudiera entenderle, como si mis oídos no procesaran el mensaje porque estoy sorda, lejos o muerta.

—Esto que te ha ocurrido es muy serio —escucho a lo lejos. Y yo asiento y, pese a todo, sonrío porque no me duele, no me duele ya. Sonrío siempre. Porque él no sabe que estoy a prueba e intuyo que no se lo puedo contar. Porque cuando deja de doler es que estás muerta.

Nota de voz

Me levanto por las noches porque la nevera hace un ruido insoportable. A ciegas, tratando de no despertar a tu madre, cojo las gafas de ver que descansan sobre la mesita, me las pongo y me dirijo hacia ese dios herido y renqueante que se me antoja un oráculo moderno, y trato de descifrar una señal entre sus vibraciones y zumbidos. Una señal que significa sí o no. Entonces me digo: si el ruido de la nevera se detiene ahora en seco es que saldrá bien. A veces ocurre y se detiene. Si no, espero un tiempo y le doy un poco de margen, una oportunidad. Mientras, lleno de agua un vaso de cristal adornado con líneas horizontales concéntricas. El agua no debe rebasar la tercera línea empezando por abajo. Parece fácil, pero no lo es, sobre todo teniendo en cuenta la potencia del grifo, que no conoce término medio.

Un día tras otro, frente al zumbido de la nevera, que nunca cambia, renuevo el pacto y escribo una imaginaria y silenciosa carta a los Reyes Magos y estos, convertidos en nevera, me aseguran que todo estará bien.

Cuando se detiene el zumbido llega el silencio. Me tranquilizo. Algunos días, aunque trato de apartarlo de la mente, como si uno pudiera decidir a qué imágenes y pensamientos entregarse, se apodera de mí un momento de lucidez y me veo a mí mismo a las cuatro y diez de la mañana —suelo pasar entre cinco y ocho minutos en la cocina—, un padre primerizo pidiendo un deseo a una nevera Balay de acero inoxidable comprada en 2005, y no me queda otra que reírme. Si al menos fuera creyente, me digo para mis adentros, si al menos fuera uno de esos devotos que pide deseos a las velas que arden temerosas bajo las estampas o en los altares de santos desconocidos. Si solo rehuyera a los gatos negros para alejarme de los malos augurios, o si me refugiara de los andamios para burlar la mala suerte.

Solo cuando el nivel del agua está perfectamente igualado con la tercera línea y la nevera ha dejado de hacer ruido puedo salir de la cocina tranquilo, convencido de que todo estará bien.

¿Saldrás adelante? Sí, saldrás adelante.

Las cuatro y diez, atravieso la oscuridad hacia el salón. Por el pasillo, dejo atrás las habitaciones, el despacho de tu madre a la derecha, el lugar central, a modo de trono, que ocupa la máquina de coser negra, la Singer, que nunca usa y que acumula polvo porque adornamos las casas con lo que ya no nos sirve, pero es un regalo de tu abuela. Al lado de la Singer, un marco de fotos cuadrado. Dentro, una foto en blanco y negro. Un bebé con volumen en una ecografía 3D. El punto que es tu nariz. Te miro así, de reojo, cuando paso por el pasillo hacia el salón. Lo hago todos los días desde que empezó el insomnio. Hoy, día 52, pero la nevera dice que saldrás de ahí.

Dicen que las razones del insomnio son siempre distintas. No es lo mismo levantarse a las tres que a las cinco de la mañana. O a las seis. Cuando detecté el patrón, cuando día tras día abría un ojo y veía en el reloj digital de la mesita de noche que eran exactamente las cuatro y dos minutos, el descubrimiento me pareció fascinante. Busqué en internet las razones de lo que podía estar ocurriendo. Internet proporciona siempre las respuestas adecuadas porque puedes hacértelas a medida: si no te gusta una, puedes saltar a la otra hasta que encuentres lo que quieres leer.

Me levanto de la cama porque tengo miedo y porque sé que si en vez de contar zumbidos me quedo junto a tu madre tumbado e, inquieto, empiezo a dar vueltas, ella se dará cuenta de que estoy despierto, abrirá los ojos, incluso encenderá la luz de la mesita y entonces alguno de los dos preguntará algo que no queremos responder.

Por eso, a las 4:10 de la mañana, cuando la nevera me dice que saldrás adelante, me voy al salón después de buscar tu nariz en un marco cuadrado. Me siento a la mesa de madera tan increíblemente larga para las dos personas que habitamos la casa. En un extremo, el que da la espalda al ventanal. Abro el ordenador y empiezo a trabajar. Respondo los correos. Bueno, no es verdad. Leo los correos y, más tarde, trato de organizar el programa de la radio. Nunca lo logro. En estos 52 días, si no hubiera sido por mi equipo, que se encarga de que no se note que yo no tengo ideas, me habrían despedido. Lo que hago desde aquí, desde el extremo de una mesa de madera, es pensarte, día tras día, además de cerrar los ojos cada tanto para pedirle a la nevera que salgas adelante. No creas que es lo único que hago. He cogido otras costumbres también. Voy por la calle, por ejemplo, y cuento las matrículas que acaban en 8, mi número de la suerte, para que los coches me aseguren lo que quiero que ocurra. Cuando encuentro varias seguidas parece que estoy de suerte. El otro día, en cambio, no había visto aún ninguna y me quedé en una cafetería acristalada, tomando un café aguado, solo para encontrar alguna y no regresar a casa de vacío. Además, cuando enfilo la calle Aragón y voy viendo que los semáforos cambian a verde a mi paso, sé que es otra señal. También cuento baldosas y escaleras y a veces creo que si resulta un número par saldrás adelante. No pido nada. Solo pido que te quedes.

He buscado todo esto que me ocurre en internet, todo esto que se ha agudizado desde que la enfermera dijo aquellas palabras juntas, *familia* y *límite de viabilidad,* y obvié por completo la segunda, los 1.500 gramos encerrados en una incubadora de plástico cableada. Monitores que lanzaban alarmas agudas, que parpadeaban. Los pitidos que me perforaban la cabeza. Los catéteres, las sondas. Tuve que salir al pasillo porque me mareé, y dejé a tu madre con la enfermera. No sé qué piensas al respecto, pero yo creo que no puedes decir esas palabras en la misma frase: *familia* y *límite de viabilidad*. Porque la primera implica la negación de lo demás.

Familia. Qué palabra, ¿verdad? Parece tan fácil. Y se escurre, no veas cómo se escurre si no la sostienes bien. Pero la enfermera dijo que somos una familia y quise decirle lo que sabía: que todas las familias son un fracaso. Unas, un gran fracaso, otras, uno más pequeño, más asumible.

Mi familia es mi hermana Carmen, tu tía, que años atrás me pidió un favor inocente, sin importancia incluso, que desembocó en un episodio que me acompañaría de por vida.

Por aquel entonces, principios de los ochenta, ella era dependienta de una zapatería de la plaza que aún llamábamos Calvo Sotelo, donde se encuentra la emisora de radio en la que trabajo. Estábamos en casa, todavía vivíamos los dos ahí, fíjate lo jóvenes que éramos, y estábamos comiendo croquetas. Croquetas. Siempre me he preguntado por qué demonios se acuerda uno de detalles tan absolutamente intrascendentes de la vida y olvida aquellas cosas que terminan por definirlo. Pero fue mientras comíamos croquetas de jamón cuando me dijo que tenía que pedirme un favor. Estaban en plena campaña navideña y el hombre que iba a disfrazarse de Papá Noel había enfermado la misma mañana sin darles opción a buscar a nadie más. A las cinco de la tarde, hordas de niños uniformados que salían del colegio llegarían a la zapatería para hacerse las correspondientes fotos, de manera que me pidió que me vistiera de Papá Noel, que la ayudara a apuntarse un tanto. Y lo hice, no sabes lo convincente que puede resultar tu tía Carmen. Recuerdo aquella ingente cantidad de niños con el bocadillo de la merienda recién terminado, migas aún en la bufanda, en los abrigos. Me senté en una especie de sillón tapizado de terciopelo que hacía las veces de improvisado trono y se fueron acercando uno a uno. Hice el papel, incluso diría que lo hice bien. Sin embargo, cuando estaba ya a punto de terminar todo aquel número circense, se acercó una niña con manchas de vitíligo en la barbilla. Se sentó, me miró y se puso a llorar. No debía de tener más de seis años. No lloraba, como los otros niños, porque se sintiera sola, desamparada ahí en las faldas de un estrafalario hombre de barba blanca. Tampoco porque tuviera miedo: lloraba porque me descubrió. Porque se convirtió, de repente, en adulta. Porque adivinó, bajo

41

la barba blanca de aquel presunto anciano, la cara del jovencito asustado que era yo. Desconcertada, miedosa, me miraba. «¿Te pensabas que podía creérmelo?», parecían decir sus ojos implorantes.

Con los años, algo de aquella tarde permaneció en mí. No solo las croquetas. Era esa sensación de llevar un disfraz, de que años después, en cualquier otra circunstancia, esa niña pudiera aparecer de la nada para señalarme: tú no eres Papá Noel.

Lo llaman, creo, el síndrome del impostor. A la gente le gusta ponerle nombre a todo. Lo que ocurre, en realidad, es que todos tenemos un miedo tremendo a no estar a la altura de las expectativas.

Tu tía Carmen y yo tenemos los ojos muy similares, separados, de un color indefinido, grisáceo. De niños solían decirnos que éramos como dos gotas de agua. Quizás tuvieran razón. Aunque en realidad, lo que nos hacía tan parecidos era otra cosa: Carmen y yo heredamos una mirada, una manera de ver el mundo.

Pero espera, porque he dicho que Carmen y yo tenemos los mismos ojos. Uno tarda un tiempo en poner los verbos en pasado. Me pasa también con su teléfono, que lo tengo ahí, «Carmencita», pone. Y su chat, también. El último mensaje que le mandé decía: «Me muero de ganas de verte». Menudo mensaje. Me muero, eso decía. Estaba a trece horas de avión, nada más y nada menos, y volvía aquella noche. Encajonado en el asiento de la ventanilla, soporté estoicamente las turbulencias y escuché al azafato que decía, en un inglés tan ortopédico como el mío, *«Let us know if you need any hope»*. E incluso yo, con este inglés de pacotilla del que tu madre siempre se ríe, entendí que se había equivocado. Que había confundido *help*, ayuda, por esperanza, *hope*. Fue entonces cuando comprendí que ambas significan lo mismo, que quien pide ayuda está, en el fondo, pidiendo esperanza. Pero yo no lo hice. No pedí ayuda, ni esperanza. Cuando aterricé, Carmen no salió del coma. Murió a los tres días. Por eso comprendí, aunque tarde, que igual tenía que haber pedido algo.

Es extraño, pero después de que tu tía se muriera, me empezó a pasar esto mismo que me está ocurriendo ahora: comencé a tener permanentemente la sensación de haberme dejado el horno encendido, a buscar señales en todos los lugares. Supongo que buscaba una seguridad. Que esperaba que algo, un azafato o el semáforo que se pone en verde, me asegurara que las cosas irían bien.

Un día, no hará más de un par de semanas, tu madre se levantó a las cuatro y cuarenta y cinco y me encontró, tal y como estoy ahora, en el extremo de esta mesa enorme, con el ordenador abierto. «¿Qué haces?», me preguntó, y yo le respondí que el zumbido de la nevera no me dejaba dormir. Además, argumenté, tenía que preparar el programa del día siguiente. Me miró, ni siquiera incrédula, sino solo moviendo la cabeza de un lado a otro. Se me veía la máscara de Papá Noel, supongo, de manera que se marchó a la habitación y no me ha vuelto a preguntar. Tampoco sé qué podría contestarle, si le parecería bien que me comunique con una nevera porque tengo miedo de hacerlo con ella. De preguntarle, ¿y si no? Pero prefiero no pronunciar ciertas palabras, ciertos augurios. A la realidad no hay que darle ideas.

Estas noches de duermevela no puedo evitar buscarme continuamente en el reflejo del espejo del salón. Lo compramos en un anticuario y a veces pienso que es opaco: demasiadas caras, demasiados cuerpos se han superpuesto en él. Hay cierto hartazgo en la manera en que refleja el mundo, como si después de tantos rostros, de tantas expresiones, fuera incapaz de reflejar algo más. La primera vez que te vi me busqué en tus rasgos, pero me sobresaltó una idea estúpida: que los bebés y los viejos no tienen cara. Unos, los bebés, porque aún no la tienen, porque lo que comúnmente llamamos cara es un cúmulo infinito de expresiones, y los otros, los viejos, porque están dejando de tenerla.

Un día te tuve en brazos. Me tumbé en ese sofá incómodo en un rincón de aquella sala llena de incubadoras y monitores. Una enfermera me hizo quitarme la camisa y anunció seria: «Piel con piel», y te puso sobre mi pecho. Nos habló entonces del ritmo cardiaco: ya conocías el de tu madre, pero aquel era el primer día en que ibas a escuchar el mío. Aterrado, miraba a tu madre, que a su vez me observaba: «Pero habla, dile algo», y sabes, me quedé una hora en el silencio más absoluto.

Solo podía agarrarte y pensar en el número de veces que se contrae el corazón por minuto. Sístole, diástole. Pensaba en matrículas, en números pares y deseaba que no notaras las arritmias, mis respiraciones entrecortadas. Te agarraba como si en cualquier momento pudieras escaparte, como esa palabra escurridiza que es *familia*. Porque no he vuelto a pensar en la otra expresión, *límite de viabilidad*. Porque es mejor no darle ideas a la realidad.

Soy un padre muy mayor, me dije. Demasiado. Sentía el calor de tu cuerpo sobre mi pecho, pero yo estaba rígido, demasiado concentrado en que no vieras la trampa bajo el disfraz de Papá Noel. Pensaba en aquel recuerdo de mi padre la primera vez que fuimos a Denia y comimos tortilla de gambas, otra vez los datos insignificantes. Yo les estaba haciendo una foto frente al merendero y me fijé en el proceso. Él estaba en medio y Carmen y mi madre lo abrazaban, una a cada lado. Más que la propia imagen recuerdo la sensación: él se dejaba agarrar, sin ofrecer resistencia, pero tampoco voluntad. Supongo que a algunos hombres, quizás a mí también, no nos enseñaron a agarrar bien y las cosas se nos acaban escurriendo. *Familia,* esa palabra. Por eso tuve tanto miedo de que te cayeras el otro día, tanto que no pude ni hablar. Y mientras te sentía, iba contando cables, azulejos, pitidos. Tu madre me preguntó varias veces si estaba bien, si podía hablar, aunque solo fuera un poco, para que escucharas mi voz. Pero no pude.

Y regresé otro día, y el proceso se repitió. En silencio, congelado, y tú sobre mi pecho, quise hablarte, pero no pude. Se me ocurrió decirte: «Hola, cómo estás», pero pensé que sería como estar hablándoles a mis oyentes.

Después, de vuelta a casa, los semáforos poniéndose en rojo en la calle Aragón y yo maldiciéndolo todo: «Acelera, ¿quieres hacer el favor?», le espeté a tu madre, que me miró ojiplática y yo no le pude confesar mi pacto con los semáforos, ni con las baldosas o la nevera y, cuando nos detuvimos en el último rojo, le pregunté, de la nada: «Pero ¿qué le cuento?». «Im-

45

provisa, como haces siempre.» Y el coche se puso en marcha: «Es que es...», empecé.

Y tardé un rato en terminar la frase, en poder pronunciar aquellas dos palabras entrecortadas. Mi hijo, eso es lo que dije: «Es que es mi hijo». Y las palabras no se rompieron, y entonces llegamos a casa y esto fue ayer. Me dije: tengo que hablar con mi hijo. Así que aquí estoy, hijo, tu padre, padre por primera vez cuando casi me tocaría ser abuelo, sentado en una mesa en la que podría comer un equipo de fútbol. Estoy escribiéndote porque no quiero quedarme en blanco. Así que terminaré esto y lo haré: cogeré el teléfono. «Audio 1», aparecerá en la pantalla. Entonces le daré al play y, por si no me salen las palabras, las iré leyendo. Una detrás de otra. Las grabaré y se las enviaré a tu madre. Una nota de voz, «Audio 1», eso es lo que voy a hacer. Le diré a tu madre: «Hoy, cuando vayas al hospital, solo dale al play». Es mi hijo. Porque me dijeron aquella palabra, *familia,* y mudo, no supe qué responder. Me da igual haber contado lo del zumbido de la nevera, los azulejos. Yo solo busco señales. Yo solo trato de asegurarme de que te quedas.

Candy Crush

No preguntes por la historia verdadera,
¿para qué la necesitas?
MARGARET ATWOOD, *True stories*

León ha cumplido hoy cinco años y le hemos comprado una bicicleta blanca en la que se lee, en rojo, a ambos lados del cuadro, «Serious Superhero». Dice su padre que las ruedítas que lleva incorporadas se las quitaremos pronto porque es un niño con equilibrio: «Es un poco más hábil que tú», me dice con sorna. Pablo ha insistido en comprarle también un casco, pero cuando se lo ha probado, León se ha quejado de que le apretaba y ha dicho que no quería ponérselo.

León se ha emocionado mucho cuando ha visto la bicicleta. Es un niño muy cariñoso. Agradecido. A veces actúa como un hombre pequeño, pendiente de todo, tan sensible e intuitivo como su padre. Le hemos hecho muchísimas fotos con la bici y el casco, que ha terminado poniéndose «porque sin casco no hay bici», ha sentenciado su padre. Me ha mirado, implorante: «¿Iremos al parque ahora? ¿Vamos? ¿Vamos? Un poco solo». Cuando me mira así, con esos ojos azules, grandes, redondos, esa pequeña cicatriz que descansa sobre su párpado izquierdo, sabe que voy a acabar cediendo. Aunque hoy sea tarde ya, aunque no queden horas de luz.

Además, me digo, y ese sentimiento me sobresalta por su claridad, por su contundencia, quizás es la última vez.

Pablo se queda en casa porque tiene que trabajar un rato. Me pregunta si yo tengo que escribir y le digo que no, que no se preocupe, pero no le cuento que yo ya no escribo, que lo he dejado. De manera que salgo de casa con León, la bicicleta, las rueditas. Nos vamos al parque y el niño está feliz e impaciente, tan feliz que se ha olvidado de que el casco le aprieta y lo lleva puesto mientras avanza con su flamante bicicleta de superhéroe por la calle peatonal que lleva a la entrada del parque. Cada pocos metros se detiene y se vuelve para ver si le sigo. Entonces, cuando me ve ahí, atenta a cualquiera de sus movimientos, me sonríe con su boca desdentada y continúa pedaleando. Cuando llegamos al parque, casi vacío a estas horas, me siento en uno de los bancos de madera, que debió de haber estado pintado de azul en tiempos mejores. Me siento con cuidado para no clavarme ninguna de las astillas que asoman por las tablas medio rotas. Desde ahí, le digo a León que practique, que dé algunas vueltas y que luego nos podemos ir hasta la fuente.

Me encargo de ir a buscar a León dos tardes a la semana. Salgo de la agencia antes y llego al colegio con el tiempo justo de comprarle la merienda en el colmado de al lado y de recogerlo. De camino a casa, paramos en un pequeño quiosco y le compro chucherías. El hombre que nos las vende cree que es mi hijo. «Qué buena que es mamá que te compra tantas gominolas, ¿eh?» Yo no digo nada y León tampoco. Somos cómplices: madre e hijo a escondidas. León me da la mano, y a mí me gusta sentir su mano pequeña y caliente, pringosa a menudo después de la merienda, en la mía.

Cuando nos toman por madre e hijo siento una punzada de remordimiento. Sé que él tiene una madre que se llama Adela y que antes estaba en un centro de rehabilitación para alcohólicos, aunque ahora ha desaparecido. Me lo contó Pablo, como también que las marcas violáceas que León tiene en el brazo son debidas a que, sin querer, Adela volcó una sartén de aceite hirviendo y el niño estaba al lado. Quemaduras de tercer grado. Y que la cicatriz que le empequeñece el ojo izquierdo es el resultado de una herida que se curó mal después de que se le cayera de la cama a su madre. También había bebido aquella vez y ni siquiera lo llevó al hospital a que le dieran los puntos que necesitaba. Pablo se encontró con la escena al volver del trabajo. Después de aquel episodio, Adela desapareció una semana con León. Finalmente, le quitaron la custodia. Pablo es abogado.

Por las noches le miro los bracitos a León y le doy aceite de rosa mosqueta en las marcas. Cuando me pregunta por mamá yo le digo que se está poniendo buena y que pronto volverá. Entonces él me pregunta si vivirá con nosotros y yo le digo que no lo sé. Hace casi un año que no la ve.

A veces tengo insomnio. Me sobrevienen entonces, en bucle, unos mismos pensamientos alrededor de Adela. No la conozco, ni siquiera la he visto en fotografías, pero tiemblo solo de pensar en la posibilidad de que vuelva de repente. Temo, más que cualquier otra cosa, que pueda hacerle daño a León. Que pueda hacerme daño a mí.

En realidad, lo que me ocurre, aunque solo algunas veces, es que desearía que Adela desapareciera. Que se muriera.

Hace cinco años, mi amigo Adrián y yo montamos una agencia de comunicación y publicidad. No es una agencia al uso, sino que nos especializamos en *storytelling,* y de ahí nació el proyecto en el que ahora mismo se centran la mayor parte de nuestras actividades. Se iba a llamar «Cuéntame tu historia», pero en inglés todo suena más convincente, más sofisticado incluso, de manera que terminamos bautizándolo como «Your Story», y nos dedicamos fundamentalmente a eso mismo: a contar las historias de los demás. Cuando años atrás apareció el término de *storytelling* parecía que se hubiera inventado la pólvora, pero lo cierto era que llevábamos tiempo haciendo aquello: aprovechando el poder de las historias, en su aspecto más emocional, más personal, para crear un relato empresarial.

Al principio, Your Story fue un servicio orientado a empresas que deseaban mejorar su imagen, pero, más tarde, Adrián y yo pensamos en probar y aplicar todos esos principios del *storytelling* a la comunicación entre personas y, en l a actualidad, casi toda nuestra facturación viene de escribir historias personales por encargo.

Nuestros clientes nos piden todo tipo de textos. Por ejemplo, cuando llega San Valentín, se multiplican los pedidos relacionados con el «cómo nos conocimos» de las parejas. Después de una crisis —problemas, infidelidades, etcétera—, relatos de reconquista.

Para las amistades rotas o perdidas, un relato de juventud que genere nostalgia. Cuando alguien muere, un texto para leer en el cementerio a los más allegados. También recibimos encargos de textos de padrinos de boda, delegados de clase el día de la graduación de la universidad... Existen tantos motivos como historias.

La gente cree que las palabras redimen, aunque yo no estoy tan segura. Solo sé que a todos nos gusta que alguien nos piense a través de ellas y que yo pienso a los demás a través de mis historias, deseando que tal vez los curen, que les devuelvan lo que ya no está o que puedan cambiar el curso de los acontecimientos. Es una lógica extraña, pero cuando le digo a Adrián que lo que hacemos es, en el fondo, un acto de amor, me recuerda que por muy romántico que parezca no dejamos de ser una empresa.

Todas las solicitudes que atendemos pasan en primer lugar por la web, una especie de filtro para que solo nos lleguen los clientes verdaderamente interesados. Es necesario rellenar un formulario bastante minucioso que desanima a los que no están del todo seguros sobre si solicitar o no el servicio. En el formulario, más allá de datos personales y un resumen de la historia en un máximo de cien palabras, pedimos que, al final, el usuario nos cuente los diversos motivos por los que encarga ese trabajo. A los motivos los llamamos categorías. «¿Para qué quieres contar esta historia?», pregunta el formulario, y se abre un menú desplegable en el que se encuentran motivos dispares: recordar, felicitar, reconquistar, ayudar. Es importante que este punto quede claro de cara a que nosotros podamos encontrar el tono y seamos conscientes de las intenciones reales del posible cliente.

Pero eso, claro, eso es lo difícil. Hay historias aparentemente escritas para recordar, para generar nostalgia en el destinatario, que desean, en realidad, reconquistar. Ocurre sobre todo en las historias de amor, existe una especie de pudor a la hora de reconocer que lo que se busca es recuperar a alguien que ya se ha perdido. A esta dificultad, la de los motivos que nos guían, se le añade el límite de caracteres, del que depende el precio de cada encargo.

Adrián suele quedarse con las largas, las de tres mil palabras, yo con las de mil quinientas. Luego, en casa, Pablo suele decir que trabajamos al peso, que lo nuestro es parecido a ir añadiendo palabras en una balanza, como quien va a comprar a la carnicería. Yo finjo enfadarme, pero cuando me veo a mí misma contando caracteres y espacios para que me quepa lo que quiero contar o alargándome con datos irrelevantes si me quedo sin ideas, me doy cuenta de que algo de eso hay.

Antes de que nos llegaran como las ruinas que son ahora, las pirámides de Egipto estuvieron recubiertas de piedra pulimentada. Tenían intrincados y preciosos dibujos e inscripciones que se evaporaron con el paso de los siglos. Con el tiempo se pierden los detalles pero quedan las formas, lo universal. Como esos recuerdos de infancia borrosos: no sabemos si los vivimos, si nos los han contado o si proceden de fotografías que hemos aderezado con recuerdos inventados. A mis clientes les pongo este ejemplo de las pirámides para que comprendan que el relato se escribe a partir de detalles y los detalles son los dibujos de la piedra pulimentada, pero lo que permanece es la forma, lo universal. Por eso es tan importante escoger bien la categoría: es lo que termina dándole a la historia su estructura.

A Ángela no le conté lo de las pirámides, me pareció que no lo necesitaba. La conocí una tarde de diciembre extrañamente luminosa. Habíamos quedado en una cafetería de la Plaça de la Virreina, cerca de donde tenemos la agencia y donde suelo reunirme con mis clientes. Enseguida congeniamos. Tenía diez años más que yo y, en algunos aspectos, me hacía pensar en una versión mejorada de mí misma. Segura, optimista, valiente. Cuando llegué aquel primer día, ella ya estaba ahí y se levantó como si, en efecto, me conociera de algo.

—Te he reconocido por la foto de la web, pero no sabía que eras tan guapa.

No me incomodó el cumplido. Es más, me agradó, sobre todo viniendo de una mujer como ella.

Al cabo de unos minutos de estar juntas, me di cuenta de que Ángela era de ese tipo de personas con las que es fácil sentirse cómoda. Quizás fuera por su forma de reírse, abiertamente, con ligereza, como diciendo: «Esto es todo lo que soy», o la infinita capacidad para la escucha que demostraba.

Nos sentamos a la mesa que los dueños del bar me reservan siempre, la que está más apartada, frente al ventanal, y saqué mi teléfono móvil para grabar.

—Suelo grabar las conversaciones para que así no se me pasen los detalles. Luego es lo que me da más juego a la hora de escribir la historia.

—Sí, sí. Leí en la web que lo hacías. No me importa. En realidad, la mía tampoco tiene muchos detalles. No te esperes nada del otro mundo. Supongo que todos te pedimos lo mismo —hizo una pausa—. Me gustaría hablarte de cómo conocí a mi marido. Me gustaría que escribieras esta historia para que vuelva a casa.

Ángela tenía razón, estaba acostumbrada a que la gente me pidiera esas cosas: que alguien querido volviera.

—Ah, había leído en el formulario que rellenaste que querías «recordar» su historia.

—Sí. Eso es. Pero quiero recordarlo para que vuelva a casa. No sé cuál es, al final, la razón. No sé qué va antes, si recordar o reconquistar —y nos reímos—. Es que es extraño que preguntéis por los motivos y tengáis tan pocas categorías para escoger. Os quería mandar un correo para decíroslo, pero se me olvidó.

—Sí, la verdad es que podríamos actualizar un poco la lista... Insistimos tanto con lo de las categorías porque es una manera de ordenar la información. Sé que quizás son demasiado generales, pero es para que nosotros nos hagamos una idea del tono que tienen que tener las historias.

Me sorprendió que, teniéndolo claro, Ángela hubiera seleccionado la categoría «recordar» cuando, en realidad, tendría que haber puesto «reconquistar», pero a veces ocurría en aquellas primeras citas que, reordenando la información, la gente reordenaba también sus pensamientos, sus historias.

Cuando quedamos, a pesar de que no fueran más que las cinco y media, y rompiendo aquella regla no escrita que me imponía a mí misma, aquel día me pedí una copa de vino. No bebo nada cuando trabajo, me parece que da una imagen muy poco profesional. Pero me sentí tan cómoda con ella que lo hice, y ella pareció contenta de mi elección y me imitó, aunque dio apenas dos sorbos a la copa.

Pensé, mientras empezaba a escucharla, que si la hubiera conocido en otras circunstancias, habría sido mi amiga. En realidad, podría decir que nos hicimos amigas: todo lo amigas que se pueden hacer dos personas en el mes y medio que me llevó el proceso de documentación, que fue más largo de lo normal porque me sentía tan a gusto que, algunas tardes, terminé contándole mi vida yo a ella en vez de ella a mí.

El de Ángela era uno de esos relatos que me gustaban: tenía un potencial final feliz. Un amor roto por los años y el desgaste.

—Me encanta escribir historias de amor. Como pueden arreglarse, hay esperanza —dije—. Lo difícil es escribir textos para leer en los tanatorios. Hay poco tiempo y las palabras en realidad no pueden cambiar nada... Y, además, son textos que terminan convirtiéndose en un listado de virtudes del muerto.

Ella rio y me sentí feliz. Deseé poder ayudarla porque lo que me contó me cautivó desde el principio. En las primeras líneas del texto que mandó citaba unas palabras de «Demasiada felicidad», un relato de Alice Munro que yo ya conocía: «Si te amara, habría escrito de otra manera».

La primera vez que vi a León tenía un año y medio y aún andaba a trompicones. Sentí, ya desde entonces, esa necesidad de cuidarle, de que no le ocurriera nada más. Era frágil, pero se veía en sus piernas delgadas esa fortaleza que muestra ahora, seguro, en la bici blanca, mientras da vueltas al parque.

Cuando conocí a Pablo sabía que se estaba separando de su mujer, que tenían una relación «conflictiva», pero nunca estuve al corriente de los entresijos de la historia. Conocía algunos detalles como, por ejemplo, que ella no estaba bien y le pedía que no la abandonara. También aquel espisodio de las heridas de León y que de repente desapareció con el niño durante una semana y que, al volver, hubo que ingresarlo porque no le había dado apenas comida durante aquellos días. Los pormenores no los conozco. Pero entendí que acto seguido él la denunció y fue entonces cuando obtuvo la custodia. Aunque todos estos datos me llegan ahora como en una nebulosa.

Viví el proceso con angustia, sin querer inmiscuirme, intentando ayudar a Pablo pero sin saber exactamente cuál era mi papel en todo aquello. Es difícil ayudar cuando eres parte del problema. Hice incluso el intento de apartarme y traté de poner tierra de por medio, nos separamos un mes, pero no supe hacerlo. Quería a Pablo, a él y a ese hijo al que acababa de conocer.

No sé si Pablo se enamoró de mí porque estaba mal con Adela. O si estaba mal con ella porque se enamoró de mí. Me asegura que todo estaba roto ya y me repite: «Tú fuiste la gota que colmó el vaso», y sonríe, pero a mí a veces no me basta. Me gustaría saber más, aunque tampoco me atrevo a preguntarle por esa otra vida de la que procede León.

Sé que Pablo es feliz conmigo. Sin embargo, a veces me siento extraña cuando estoy con el niño. Cuando lo veo en el parque aparcando a mi lado su bici blanca, pidiéndome los muñecos de plástico que guardo en el bolso. Se sienta conmigo en el banco y me dice que tiene frío y saco el gorro de lana, la bufanda. Tiene mocos y se los quito con un pañuelo de papel que dice que rasca.

Quiero a León. Sin embargo, hay una fisura, una incomodidad. Es como tener una piedra muy pequeña en el zapato. Casi diminuta. No te impide seguir andando. Y te dices: tengo que quitármela. Quizás lleves zapatos de cordones y te da pereza. La mayoría de veces no la sientes pero después de horas caminando, sin darte cuenta, te ha hecho una pequeña herida.

Ángela me contó que no había tenido hijos.

—No serviría para madre. Me olvidaría al niño por ahí —decía—. Mi marido siempre me lo pedía y creo que, tal vez, si se lo hubiera dado...

Yo iba anotando, pero no estaba segura de que las parejas se arreglaran así, con los hijos. Es más, tenía la sensación de que era al revés.

—¿Cómo lo conociste?

—En un taxi.

Reí.

—¿En un taxi? ¿Y cómo fue?

—A la salida de un congreso. Llovía mucho. Diluviaba, de hecho. Yo era muy jovencita, veinte años. Estaba empapada. Llevaba un buen rato esperando debajo de un toldo, pero cuando vi que no pasaban ni iban a pasar taxis, decidí ir hasta la siguiente parada del autobús. Estaba completamente calada. Entonces, unos metros por delante de mí, un hombre salió de un edificio y se metió dentro de un taxi. Corrí hasta alcanzarlo, abrí una puerta y ahí estaba él. Le pedí que si por favor podía acercarme aunque fuera a la parada del autobús.

—Anda —dije—. Qué historia tan cinematográfica. Porque entiendo que él te dijo que sí...

—Y me acompañó a casa cuando yo aún vivía a las afueras de la ciudad. Siempre bromeábamos luego. Él me decía: «Te dejé entrar y ya te quedaste». Que fue, en realidad, lo que ocurrió.

—Qué bonito inicio. Porque después de aquello...

—Nos casamos pronto, nos marchamos unos años a vivir fuera. Lo teníamos todo.

—Entiendo..., y más tarde, para que me haga una idea de lo que pasó...

—Luego en el taxi se subió otra mujer.

La historia de Ángela era la de muchas parejas. Comprendí, por la manera como ella la contó, que llegó la rutina, que se distanciaron un poco, que de repente empezaron a hacer cada uno la vida por su lado y que luego, además, apareció otra persona. Previsible, todo demasiado previsible, pensé, como si un hilo imaginario dibujara las mismas formas en las vidas de todos. En algún momento tuve la impresión de que más que recuperarlo, lo que quería era hacerle daño, pero solo entreveía esa rabia cuando hablaba de esa mujer que se había inmiscuido entre ellos.

—No creo que haya que mencionarla a ella. No creo que sea clave en tu historia. No funcionan los reproches, al menos no por escrito.

—No la menciones, claro. Aunque si no fuera por ella yo aún tendría mi vida de antes.

—No lo sé, Ángela. Culpar a terceros. Ya te conté que yo ahora estoy con un hombre que tiene un hijo y que antes, antes de conocerlo yo, estaba casado.

—Claro que sí, cariño —me dijo. Y fue la única vez que me llamó así, «cariño»—. Llega una edad en la que todos llevamos mochilas. Pero no te veo capaz de meterte en medio de una relación. Eres demasiado buena.

Siempre suelo preguntar a mis clientes si quieren que en el relato incluya algún episodio que sea especialmente representativo, un día especial. En los detalles está la narratividad de la historia. Ángela me habló de unas vacaciones, de un velero en el que pasaron una de las peores noches de su vida. De repente, un mar calmado de finales de agosto, un mar plano, como un plato, dio paso a una tormenta. Fue cuestión de poco tiempo y les sorprendió cuando estaban regresando al puerto, al punto de amarre. Pero tuvieron que detenerse. Era tal la fuerza del oleaje, el viento, que echaron el ancla y se encerraron en el camarote. No había nadie al timón: no había nada que hacer excepto esperar a que pasara.

—Llega un momento en que lo único que puedes hacer es abandonarte, dejar que pase. Es imposible evitarlo. El dolor ocurre. Estuvimos varias horas dentro, golpeándonos contra las paredes del camarote.

Lo anoté todo, pero debió de ver que no comprendía por qué me estaba contando aquello, de manera que sentenció:

—A veces me reconozco en ese episodio. Dejar el mando, permitir que el control lo tomen las circunstancias. Aunque te opongas, igualmente va a ocurrir. Ahora, sin embargo, quiero tomar el control. Quiero volver a casa.

La madre de León lleva un año desaparecida. Cuando le dieron el alta del centro de rehabilitación en el que estuvo viviendo, simplemente se esfumó. Ni rastro de ella.

Nunca he visto una foto de Adela. Trato de descubrir en los rasgos de León un gesto, un detalle que me lleve hacia ella, pero León es un calco de su padre. Cuando conocí a Pablo no quise abrumarle con demasiadas preguntas. Él decía que quería mantenerme a salvo, y yo sentía ese hermetismo que se fue instalando entre nosotros con respecto a su pasado.

Pablo me contó únicamente aquel detalle. Que, por las noches, cuando Adela empezó a beber a raíz de que la echaran de un trabajo, Pablo llegaba a casa y se la encontraba echada en el sofá, el niño llorando y sin comer. Ella parecía ausente, ida, sin ser capaz de escuchar los lloros, que quedaban ocultos tras el sonido latoso de aquel pasatiempo hipnótico del iPad, el Candy Crush, que consumía las tardes de Adela.

Me lo contó en el primer viaje que hicimos juntos. Fue a San Francisco, la ciudad a la que desde niña yo había fantaseado con ir. Lo tenía todo. Era la ciudad de mi vida, pensé. Dolores Park y la limonada que tomamos al sol; la niebla que cubría el Golden Gate por las mañanas, que, como un truco de magia, hacía desaparecer el puente; las preciosas casas victorianas de colores, la imagen icónica de las postales de aquella ciudad bella pero envenenada. San Francisco me hacía pensar en la caducidad de lo bello. Era arriesgado enamorarse de una cicatriz que tarde o temprano se abriría y se tragaría tranvías, el mercado chino, el mexicano con nombre de pájaro, Colibrí. Al final tuve prisa por marcharme de allí, como si no quisiera amar aquello que ha de morir seguro y tan pronto.

La última vez que vi a Ángela me entregó un sobre con unas fotografías, las que le había pedido yo para ponerle cara a su marido, para verlos juntos. Tenía la historia casi acabada, pero a menudo me venía bien ver imágenes de lo que hasta entonces me había limitado a imaginar.

—Ábrelo luego. Me da pena ver esas fotos. Después siempre tengo ganas de llorar.

Le dije que no se preocupara, que era normal.

—¿Crees que lo conseguiremos? —me preguntó.

Asentí.

—Creo que sí. Estoy contenta con la historia, me quedan apenas unos detalles. Esta misma semana te la mandaré.

La reunión de aquel último día tuvo algo de triste. Le pregunté si estaba bien y me respondió que estaba cansada, que remover aquella historia la había trastocado un poco y que ahora que llegábamos al final del proceso tenía miedo de que no sirviera para nada.

—Las historias solo son el complemento. Una puerta que se abre, pero después es la realidad la que las continúa —le dije.

Me despedí de ella pensando que pronto buscaría la excusa para llamarla y vernos de nuevo. La vi doblar la esquina y desapareció calle abajo.

Más tarde, en casa, olvidé el sobre y las fotos. Cuando llegué, bañamos a León y preparé algo de cena. León y Pablo estaban con el iPad en el salón, jugando a uno de esos jueguecitos. No sé si era el Candy Crush. Me gustaba mirarlos a los dos. Se parecían tanto que a veces me daba la sensación de que el hijo era una mera prolongación del padre.

Antes de meterme en la cama abrí el sobre y vi una única fotografía. En la cama blanca de un hospital, una mujer sostenía a un bebé rosado envuelto en una mantita amarilla. Un hombre asomaba por detrás. La mujer, aunque me costó reconocerla por la expresión de plenitud, de felicidad, era Ángela y el hombre, Pablo, con el pelo menos canoso y sin las entradas que se cernían sobre las sienes, le ponía la mano sobre el hombro. El niño era León y yo, sin quererlo, llevaba un mes y medio escribiendo mi propia historia, esa parte oscura de la que mi vida procedía.

Tuve una arcada y vomité. Ahí, en el salón. Sobre la alfombra que yo no había comprado, que yo no sabía quién había comprado.

A veces, las historias sirven también y sobre todo para dinamitar.

Aquella noche limpié como pude el estropicio, cuidando de no hacer mucho ruido, y me marché a la agencia porque necesitaba estar en otro lugar, lejos de la casa, lejos de ellos dos y de aquella fotografía a la que prendí fuego, literalmente, en la esquina de Vía Augusta con Aribau. Vi, con parsimonia, cómo la imagen se doblaba, empezaba a consumirse. Observé con una mezcla de alivio y ansiedad cómo sucumbía al fuego, cómo las caras de aquellas tres personas y esa otra vida que habían compartido dejaban de existir.

No volví a escribir ningún relato: Ángela fue la última clienta con la que quedé. Pocos días después de ver la fotografía recibí, además, un e-mail de alguien que nos decía que en nuestro menú de categorías faltaba una muy importante: la venganza. No necesité que me dijeran más. Sabía quién era y sabía que tenía razón. Quise contárselo a Pablo, pero traté de hacerlo con lentitud, midiendo las palabras. En el fondo, tenía miedo. Quizás tampoco estaba preparada para saber dónde empezaba la ficción de Ángela y dónde la de mi pareja. Y la mía. Solo sé que me quedé en medio de aquellas dos historias sin saber en qué lugar estaba yo. Quizás en ninguno.

Un día, le pregunté a Pablo acerca del paradero de la madre de León, pero me respondió con vaguedades, con evasivas. Traté de sonsacarle algún tipo de información, aunque me resultaba difícil sin contárselo todo de golpe. Fue solo cuando yo le recordé la anécdota del Candy Crush, las tardes borracha con el sonido endiablado de la aplicación del iPad, cuando me miró perplejo, como si no entendiera: «¿De dónde has sacado esto de que Adela jugaba al Candy Crush? Ni siquiera tenía un iPad».

Sé que a León pronto empezarán a salirle los dientes nuevos, pero yo no sé si lo veré, porque León me hace pensar en San Francisco y en las historias que han de morir pronto.

Veo cómo León se cae de la bici. Se levanta de un salto y me mira como diciendo: «No pasa nada», me pide cinco minutos más, aunque se esté haciendo tarde y ya haya empezado a oscurecer. Le digo que sí, porque siempre le digo que sí, y más ahora. Espero que cuando sea mayor y eche la vista atrás, pueda recordar, pese a todo, que yo le quería. Quizás haya para entonces otra mujer que le cuente otra versión, pero ahí habré perdido ya el control de la historia. Porque la literatura se parece a la vida pero no es la vida, y quien las confunde paga, a veces, incluso con la suya propia.

Cuento los minutos que faltan para que me escriba Pablo para ver dónde estamos y recordarme que se está haciendo tarde. Cuento los minutos, los últimos minutos de luz.

León se cae de nuevo y, ahora sí, llora desconsolado porque se ha asustado y tiene toda la rodilla raspada. Corro y lo abrazo y le digo que no es nada y le acaricio la cabecita, le he quitado el casco y le despego de la frente los mechones de pelo liso. Lo beso y siento su cuerpo caliente pegado a mí y me digo que no voy a ser capaz, que le quiero. Pero de camino a casa, cuando Pablo me llama para ver dónde nos hemos metido, vuelvo al miedo, a pensar que quizás, esforzándome por contar todas las historias de los demás, he dejado de contarme la mía.

Aquellos ojos verdes

En primer lugar llega la estupefacción. Por ejemplo, el pan estaba en la tostadora y yo acababa de poner la taza de café con leche en el microondas. Entonces, escuché de nuevo el ruido de las llaves en la cerradura y me sobresalté: pensé que mi madre se habría olvidado algo. Irrumpió en la cocina y me lo dijo. Llevaba el bolso cruzado sobre el abrigo con forro polar, el paraguas colgado del antebrazo. Paré la tostadora, pero el café siguió girando en el microondas hasta que empezó a pitar.

Se descruzó el bolso, se desabrochó los botones del abrigo e hizo amago de quitárselo, aunque finalmente se lo dejó puesto. Me contó lo poco que sabía.

—Al menos pudimos despedirnos —me informó.

Siguió diciéndome que no me preocupara, porque estaba bien, hasta que me lo creí. Pero en ese momento se volvió a abrochar el abrigo.

—¿Te vas?

Entonces se detuvo. Imagino que se dio cuenta de que estaba actuando de manera extraña. Como si fuera un autómata. Se sentó a la mesa, cogió el paquete de cigarrillos y encendió uno.

—Sí, estoy bien —respondió a algo que yo no le había preguntado—. Aunque claro, estas cosas no dejan de ser complicadas.

Saqué, por fin, la taza del microondas, puse miel en el café con leche, me senté frente a ella y le pregunté qué había que hacer cuando alguien se moría. Entonces, con prisas, rebuscó en la cómoda del salón y sacó una carpeta llena de papeles. Corriendo, como si la llamada fuera a vida o muerte, llamó a un 902.

—Verá, es que mi padre ha muerto.

Dijo «muerto» y no «fallecido», ni siquiera «mi padre acaba de dejarnos», y yo pensé que, efectivamente, esa había sido siempre mi madre. Cuando colgó, la llamó por teléfono su marido para decirle que la esperaba en la calle con el coche.

—¿Mi abrigo...?

Pero no terminó la frase porque se dio cuenta de que lo seguía llevando puesto.

Ellos, los que están a punto de morir, lo saben. Mi abuelo llevaba una semana en el hospital y había estado inconsciente unos días. Estaba sumido en una especie de coma, una pausa dentro de la frase que era, en ese caso, su vida. Abrió los ojos por primera vez cuando entramos a verlo una mañana mi madre y yo.

—¿Sabes quiénes somos?

Dijo nuestros nombres perfectamente, pero después se puso a ladrar, como si fuera un perro. Y reía. Y nosotras reíamos también, aunque supiéramos que aquella no era otra de sus bromas. En los momentos críticos, uno se aferra a cualquier atisbo de vida, como si fuera una limosna, aunque sea un ladrido.

Durante los últimos meses, la gente que me hablaba de mi abuelo —vecinos, familiares, el hombre al que le compraba las naranjas en el mercado— solía decirme que ya no era él. Yo asentía: sabía a qué se referían con aquella expresión inexacta y tramposa, con aquella frase que me llevaba de vuelta a una clase de la universidad, a un concepto de la lógica formal llamado vaguedad. La única asignatura que suspendí de la carrera fue aquella, la de Lógica, y, para ganarme la simpatía de la profesora, que se llamaba Helena Cerezo, aún recuerdo su nombre, participé en un seminario sobre la vaguedad. Con afán de ser didáctica e incluso divertida, a pesar de su inexistente sentido del humor, Helena nos preguntaba a los alumnos: «A ver, ¿sabríais decirme cuántos pelos se le tienen que caer a alguien para ser considerado calvo?». Se hacía un silencio y nosotros debatíamos: «¿Uno, dos, veinticinco?». Pero nunca llegamos a una cifra concluyente.

Así, de igual forma, la gente decía: «Hace tiempo que ya no es él», y yo no podía dejar de preguntarme en qué momento alguien deja de ser él mismo, qué extrañas mutaciones encadenadas deben ocurrir en un organismo para que pueda afirmarse con seguridad que ese organismo es ya otra cosa distinta.

Pero la vaguedad no puede explicármelo. Por eso suspendí Lógica.

Después de que mi abuelo nos ladrara y nosotras nos riéramos se puso a llover, porque aquel estaba siendo un febrero lluvioso. Llegó mi hermano y mi madre salió de la habitación para hablar con el médico, que le dijo que quizás era cuestión de horas. Que la infección, que el corazón, que su cuerpo consumido, que eran muchos años, que había vivido una vida plena y que estuviéramos contentos por eso. Los tres nos quedamos de pie, juntos alrededor de su cama con la sensación de quien mira algo que está a punto de desvanecerse, esos segundos en los que el sol deja apenas un rastro de luz rojiza sobre el horizonte. Le acaricié la cara, mi madre también, y me di cuenta de que yo nunca le había tocado la cara a mi abuelo. Lo tapamos, como si cubrirle los hombros pudiera solucionar algo, pudiera, incluso, salvarle de algo. Tenía un pelo blanco que le sobresalía hirsuto de la ceja, y se lo agarré con los dedos. Mi abuelo abrió los ojos y traté de sonreír. «Tengo que quitarte esto, eh.» Sin embargo, se lo dejé. Salimos de ahí y el médico nos aconsejó que no tardáramos en traer a mi abuela para que pudiera despedirse.

De manera que, horas más tarde, regresamos con ella. La sentamos en una silla de ruedas para que no tuviera que subir andando la empinada rampa del hospital y yo sujetaba el paraguas para cubrir a mi madre, que empujaba la silla desde la que mi abuela se quejaba porque decía que podríamos haber ido cualquier otro día que no lloviera y que siempre le complicábamos la vida. «Claro, como hacéis conmigo lo que queréis...»

Mi abuela, sus ojos verdes resplandecientes, su elegancia a los ochenta y seis, esa lucidez parpadeante, como una lámpara a punto del apagón definitivo, entró en la habitación sentada en la silla pero, al llegar a los pies de la cama, se puso de pie y se lo quedó mirando.

—Pero ¿por dónde come? —preguntó a nadie en concreto.

Mi madre señaló el suero.

—Por aquí.

—¿Le pasan los purés por ahí?

Mi madre asintió. La vejez es eso: el pacto por el que asumes que tus hijos empiezan a mentirte.

Se quedó de pie, a la altura de la cabeza de mi abuelo.

—¿Sufres?

Él negó con la cabeza.

—Eso es lo importante, que no sufras. Luego cuando vuelvas a casa ya veremos cómo nos arreglamos.

Mi abuelo tenía la mirada opaca, los ojos más oscuros de lo normal. No hablamos demasiado con él, yo le contaba cosas, mi abuela le decía que estaba sola por su culpa y mi madre le echó colonia Nenuco en el pelo, pero aquel día no lo afeitó.

Observaba la cháchara absurda de las tres con una expresión intensa y extraña que condensaba los restos de vida, las sobras, la pared vacía que es, en definitiva, la muerte. Balbuceaba cosas y en ocasiones le entendíamos, pero en otras no teníamos tanta suerte. Me preocupaba que volviera a ladrar, que mi abuela se diera cuenta de lo que estaba ocurriendo, pero no lo hizo. Aquella tarde, mi abuelo estaba extraordinariamente consciente y, al salir, cuando mi madre sentó a mi abuela en la silla de ruedas, me acerqué y él me susurró:

—Cuidad mucho a la abuela.

No supe qué decirle. Hubiera tenido que responderle que lo íbamos a hacer, pero en vez de eso le dije que a él también le íbamos a cuidar, como si en esos momentos, una mentira de las mías pudiera convencerle de que aquello no estaba ocurriendo, de que no iba a morirse. Como si le hablara desde el quicio de la puerta, distraídamente, mientras él empezaba ya a bajar las escaleras. Los que nos quedamos dentro nos dirigimos a los que se están marchando de la única manera que sabemos: desde el consuelo de sabernos vivos. Más vivos.

En lo que duró el trayecto en taxi hasta su casa, mi abuela se sumió en un mutismo largo e inquietante. Tiene demencia senil, así llaman a esa condición que, para nosotras, enmascara ese irse de repente, la incapacidad de conectar de lleno con la propia vida, como si ahora fuera de puntillas, sin rozar del todo la realidad, convertida a ratos en una desconocida que lo mira todo con una mezcla de curiosidad y hastío. Subiendo penosamente las escaleras que llevan a ese piso sin ascensor en el que había vivido toda su vida, mi abuela se detuvo a medio camino para preguntarnos si el abuelo iba a venir a cenar y, cuando le dijimos que no, nos contó que ella tenía siete hermanos y que su madre siempre la había mimado más que a los demás porque era la más pequeña. «Y para cenar me hacía gachas sin leche porque a mí no me gusta la leche», un tema del que hablaba con frecuencia aquellos últimos tiempos. De las gachas, de su hermano Toni, que había muerto muy joven de cáncer de pulmón, o de las gallinas que alimentaba en el corral

72

tratando de no pisar ningún huevo. Llaman demencia senil a esa mezcolanza en la que se convierte la vida, a ese pasar de puntillas por la sobriedad, a la confusión en la que hay gachas y gallinas pero no emoción verdadera ni entendimiento.

La dejamos en casa con Ruth, la mujer que la cuida, y cogimos el autobús, el 25, y encajonadas en los asientos de la fila de atrás, mi madre me aseguró que el médico debía de haberse equivocado porque mi abuelo estaba mucho mejor que unas horas atrás, mucho más lúcido. Aquella era también mi madre, contradiciendo a médicos y a expertos. Le expliqué que recordaba haber leído que cuando alguien está a punto de morir experimenta una subida de adrenalina final. Es como si el cuerpo gastara todas sus últimas energías en cerrar las cortinas antes de apagar la luz. Antes de despedirse.

Aquella noche cené en un japonés con un amigo y, en la penumbra de aquel restaurante que se había puesto de moda, con aquellos neones tan bien estudiados, los cócteles dispuestos en copas fastuosas, envueltos en humo y ceremonia, pensé en él, que estaba solo en esa habitación de hospital conectado a esa sonda por la que le habíamos dicho a mi abuela que lo alimentábamos.

Murió al día siguiente a las 8:30 de la mañana y mi madre, tras recibir la noticia, no se quitó el abrigo, como si tuviera frío. Después de llamar con urgencia a un 902, aunque no hiciera ninguna falta llamar a ningún lado y mucho menos hacerlo con premura, se fue hacia el hospital, y yo me quedé en la cocina, con el café con leche sobre la mesa, las tostadas ya frías, tratando de procesar lo que había ocurrido. Más tarde, ya desde el hospital, mi madre me llamó y le pregunté: «Pero ¿está muerto, de verdad?». Y me arrepentí al segundo de haberlo hecho, pero era, supongo, eso que llamamos incredulidad, eso que se extiende durante todo ese tiempo en el que recuerdas a esa persona y sigues esperando a que te llame por teléfono para decirle: «Ah, eres tú, entonces no estabas muerto». Eso que dura hasta que, a fuerza de convocar la voz de un ser querido, esta termina también por desaparecer. La voz es lo último que se marcha. Después, ya no hay nada.

Aquella mañana cancelé todas las reuniones de trabajo. Todo. Me quedé en casa sentada frente al portátil, como si pudiera solucionar algo. Solucionar, ese era el verbo que me rondaba la cabeza.

Hacia el mediodía fuimos al hospital para recoger las cosas de mi abuelo. Sus pertenencias, todo aquello que veinticuatro horas atrás aún tenía un dueño y un propósito: la colonia Nenuco, la crema para las manos en su mesita de noche, los zapatos con los que había ido, andando por su propio pie, hasta ahí. Nos lo habían puesto todo en una bolsa de basura y la cogí yo porque mi madre no sabía, supongo, cómo hay que agarrar lo que queda.

Hay unos ritos que envuelven la muerte. Las condolencias, el tanatorio, el ir de negro. El pasen y vean que el muerto está en la caja, el pasen y vean y sobre todo digan que lo han dejado muy bien, aunque esa persona, ahora sí, ya no sea ella misma.

—Está guapísimo —dijo alguien en el tanatorio.

—Lo que está es muerto —respondió mi hermano.

Aquel era mi hermano, digno hijo de mi madre, con las palabras precisas en el momento preciso.

No entré a verlo. No sabía cómo. Me quedé en los bancos del pasillo con todos los que se sentaron a mi lado para decirme que no había sufrido y que estaba bien que todo hubiera sido rápido. Vino Félix, el hijo de unos amigos, que se puso a corretear por los pasillos del tanatorio y, cuando nos distrajimos, se coló en otra sala. Se cayó al suelo al traspasar la primera puerta. Riendo, salimos rápidos a por él.

Yo pensaba —pensé muchas veces en ello— en que no le había quitado el pelo blanco de la ceja. Sé que mi madre, aguantando todo aquello, estaba inquieta porque el último día ella no lo había afeitado, y quise decirle que no importaba, que no le diera más vueltas a eso porque el abuelo ya no era el abuelo.

Me marché pronto del tanatorio. Mi abuela, extremadamente cansada, no se había visto capaz de ir y estaba sola en su casa, sin Ruth, que libraba. Tomé un taxi y, cuando arrancó, me dejé llevar por la música que sonaba en Radio 3. La canción me era muy familiar. La voz de la chica también. En realidad era yo. Mi voz. Se trataba de un programa grabado dos días atrás en el que me habían pedido que hiciera una lista con mis diez canciones favoritas, las que más me habían marcado a lo largo de la vida, y que las fuera comentando. Así lo hice. De manera que en aquel taxi me escuché a mí misma, como si la chica que hablaba fuera otra persona.

Cuando llegué a su casa, encontré a mi abuela en el sofá, dormida, con las sopas de letras y el bolígrafo Bic en el suelo. Cogí las sopas abiertas por una página en la que solo había marcado dos palabras: mudéjar y puerro. Me costó despertarla y por unos momentos pensé que también había muerto. Pero enseguida reaccionó.

—¿Has entrado, lo has visto?

Le dije que no. Que no lo había visto.

Entonces puse la radio y le expliqué a mi abuela que la que hablaba era yo.

—Pero este que canta no eres tú.

Reí.

—No, abuela, ese es Andrés Calamaro.

Y antes de que sonara Ana Belén con «Peces de ciudad», escuchamos mi voz, que explicaba que, cuando yo era una niña, me parecían misteriosas las primeras frases de la canción: «Se llamaba Alain Delon el viajero que quiso enseñarme a besar en la Gare d'Austerlitz». La chica de la radio decía que cuando escuchaba la canción no sabía quién era Alain Delon, y mi abuela me interrumpió para decirme:

—Anda que no saber quién es Alain Delon.

Cuando empezó a oírse la voz de Ana Belén, mi abuela añadió asombrada que no sabía que yo cantara tan bien.

Reí de nuevo porque la vejez también es eso, asumir que no vas a entender nada. O peor, que aunque lo entiendas no lo vas a recordar. Después, mi abuela desapareció. Se quedó un par de horas con la mirada perdida hasta que volvió en sí, y le hice la cena. Mientras se comía el pan que le había untado con sobrasada me dijo que estaba tranquila porque no había sufrido.

—¿Tú vas a entrar a verlo?

Negué con la cabeza y la acompañé hasta su habitación.

—Deja la luz un poco encendida, la del pasillo.

Pensé en ese matiz: «un poco». Mi abuela pedía solo un poco de luz.

—Déjame aquí el bastón —dijo. Y se lo acerqué—. Ahora ya lo voy a tener que utilizar siempre. Era tu abuelo el que me agarraba.

Al día siguiente, en el tanatorio, ni mi abuela ni yo entramos a ver a mi abuelo. Mi madre tampoco. Leí unas palabras en la ceremonia, unas palabras que pronuncié con voz temblorosa, pero que no eran una despedida. Eran como esas pelotas de goma que lanzamos a los perros para que las recojan. Aquellas palabras eran para que mi abuelo volviera con ellas hacia mí, hacia nosotros. Pero no recogió el testigo, no se levantó para salir de la oscuridad: las palabras con las que trataba de convocarle no eran más que una manera definitiva de enterrarlo.

Cuando el acto terminó, mi madre y su marido fueron a acompañar al féretro al crematorio, y mi hermano, su novia, mi abuela y yo nos dirigimos hacia casa de mis abuelos.

—Os dejo primero a vosotras en casa y nosotros vamos a por un pollo asado, ¿vale? —dijo mi hermano.

Mientras subíamos las escaleras, mi abuela me dijo que no podía llorar y yo le respondí que no se preocupara.

—¿Crees que tendríamos que haber entrado a verlo?

—No lo sé. Pero él ya no está ahí, ¿sabes?

—Claro que lo sé. Cómo no voy a saberlo —dijo enfadada.

Se sentó en el sofá y volvió a desaparecer. Sobre su regazo, las sopas de letras abiertas por esa misma página, mudéjar y puerro. Pensé en poner algo de música. En casa de mis abuelos aún había un viejo tocadiscos. Rebusqué entre los vinilos y entonces lo vi: el de Nat King Cole, *A mis amigos,* se llamaba, y en la carátula, la sonrisa diáfana del cantante sentado sobre maletas, enmarcado por pósteres de distintos lugares del mundo.

Sabía cuál era la canción. La puse y, cuando la música empezó a sonar, mi abuela volvió en sí de repente. «Aquellos ojos verdes de mirada serena», empezó Nat King Cole. Mi abuela dejó el bastón apoyado en la pared, se aproximó hacia mí, me alcanzó con sus manos pequeñas y huesudas, entumecidas por la artritis, y cogió las mías. Apoyó su pequeña y blanca cabeza en mi hombro y, paso a paso, como si alguien nos moviera mediante unos hilos invisibles, empezamos a bailar. Cerró los ojos y se dejó llevar, se fue lejos, creo, y volvió a tener veinte años o treinta. Quién sabe las personas que son nuestros abuelos, nuestros padres, nosotros mismos. Incluso recordaba la letra, la tarareaba: «Aquellos ojos verdes, / serenos como un lago, / en cuyas quietas aguas / un día me miré».

No sé a quién le cantaba aquello, si a la que había sido antes, a esa mujer de ojos verdes, como la de la canción, si pensaba en mi abuelo o si, simplemente, la música tenía el poder de evocar las sombras, lo que había sido, del que carecíamos los demás.

Mientras nos movíamos por el salón, esquivando muebles y sillas, mi abuela estaba en el centro de su vida, la había recuperado por unos instantes. Se la habían devuelto.

Cuando terminó la canción, se detuvo, se separó de mí, como regresando a la vida. Sus ojos verdes me escudriñaban y al poco llegaron mi hermano y su novia. Mi abuela me preguntó si íbamos a comer y si el abuelo estaba bien.

Asentí a las dos cosas. Fue a coger el bastón, apoyado sobre la pared, y este resbaló y se cayó al suelo. Se lo recogí y fuimos andando lentamente hasta la cocina y me recordó que tenía siete hermanos y que todas las noches su madre le cocinaba gachas pero que no les ponía leche porque a ella no le gustaba.

Mi padre en Atocha

Al amarte ahora,
me gusta pensar que estoy dando mi amor
directamente a ese chico en la abrasadora
[habitación,
como si pudiera alcanzarlo a través del tiempo.

SHARON OLDS,
«Poema tardío a mi padre»

Me llama y le digo que no tardo, que estoy en dos minutos. El que me llama es Jorge, pero Jorge es mi padre. En la agenda, guardo el número por su nombre de pila. En un momento dado me pareció, años atrás, que no se merecía que le pusiera papá, y fue una venganza absurda por mi parte porque cuando me llama obviamente él no está presente, de manera que no puede ver cómo su nombre seguido de su apellido, que es también el mío, parpadea en la pantalla iluminada.

Estamos a 2 de octubre y, después de haber pasado un par de días en su casa, mi padre me acompaña andando de Ópera hasta Atocha. Mis piernas asoman bajo el vestido largo de flores mientras dejo atrás el mercado de San Miguel y me encamino hacia Ópera.

Cuando lo veo, menudo y titubeante frente al McDonald's, agito la mano a modo de saludo y voy hacia él. Lo alcanzo y se queja de nuevo de que el coche esté en el taller y de que tengamos que ir a pie, pero al menos, dice, no hace tanto calor ya. El verano, ahora sí, terminó. Le doy un par de libros que me pesan demasiado dentro del bolso: *El bosque de la noche* de Djuna Barnes y uno de Luis Alberto de Cuenca que me acaba de regalar una amiga a la que se le ha vuelto a caer el pelo, aunque yo siempre finja mirar hacia otra parte. El libro se llama *Bloc de otoño* y mi padre lo ha mirado con desconfianza, con condescendencia, y lo ha metido en la bolsa de Massimo Dutti en la que lleva un paraguas, el *Sport* y su gorra azul, la gorra que se pone para que no se le queme la calva porque el médico le dijo que todas aquellas manchitas, islas en un globo terráqueo que es la piel de su cabeza, eran manchas precancerígenas. Vamos andando desde Ópera, yo con el ordenador a cuestas, porque en Madrid nunca se sabe cuándo tendré un rato libre, y él con su bolsita con el asa de cuerda. Llegamos a Sol y le cuento que ese mediodía he conocido a un actor excéntrico que se había leído mis libros y me los contaba a mí gesticulando, como si no los hubiera escrito yo y tuviera que darme todos los detalles del argumento. A mi padre la historia le hace gracia. Siempre exagero las anécdotas porque me gusta hacerle reír. Y aunque esté cansada, porque esta ciudad me extenúa, me agota, intento contar algún chiste, enseñarle alguna foto, inventar alguna extraña peripecia que muchas veces ni siquiera ha ocurrido.

Mi padre vivió en Barcelona hasta que cumplí los dieciocho. Cuando se marchó, solíamos ver juntos una misma serie de la televisión autonómica y, durante años, aunque yo me hubiera mudado también de ciudad, él siguió viéndola desde Madrid. Me llamaba una o dos veces al mes y no me decía gran cosa, pero me hablaba de aquella serie que se convirtió, para los dos, en lo que nos quedaba de la ciudad que habíamos abandonado. Estuvo seis años en antena y yo nunca la volví a ver. Pero recuerdo sus someras explicaciones, el detalle con el que me resumía los avances y me describía a los personajes y las situaciones nuevas. «¿Has visto la serie estos días?», me preguntaba invariablemente cuando yo descolgaba el teléfono, aunque hiciera ya años que me había olvidado hasta del nombre de los protagonistas. Nunca le dije la verdad: que no la veía para que así él pudiera contármela.

Jamás he llamado a mi padre por teléfono para saber simplemente cómo está. Creo que él está acostumbrado a que le llame cuando necesito alguna cosa o cuando no encuentro la manera de pedir algo y quiero que él adivine entre mis circunloquios lo que estoy tratando de decir.

De camino a Atocha observo cómo mi padre ha menguado un poco y ahora tenemos una estatura similar. Lo veo abriéndose paso entre los turistas, la bolsita de cartón negro oscilando. Pienso, de repente, en aquella foto en blanco y negro que mi abuela tuvo en su mesilla de noche hasta que se murió. En ella, mi padre es un bebé de meses, tumbado boca abajo sobre una manta. Desnudo, levanta la cabeza mirando a cámara en un mundo sin color, que creo que fue la infancia de mi padre, aunque eso no me lo ha contado, pero lo intuyo. Los recuerdos se confunden a menudo con las fotografías y nos convertimos en imágenes que el tiempo fija y con los años volvemos a ellas para contarnos, de manera que mi padre es siempre, para mí, ese niño desnudo y asustado en una fotografía en blanco y negro del estudio Busquets Navarro, Barcelona, 1958.

En el paseo del Prado vemos la cola frente al museo y mi padre suspira. De su bolsita de cartón negro saca un objeto inadvertido para mí hasta el momento: una caja de plástico con un donut dentro. «Es de hoy», me dice. Y me la da y no sé decirle que no, de manera que seguimos andando con el ruido del plástico que es aplastado por el ordenador, la cartera, la agenda —«crac, crac, crac»—, y yo temiendo por el estado del donut cuando llegue a casa tres horas después, porque me aterra que les pueda pasar algo a las cosas que me regala mi padre.

Cuando llegamos a Atocha, nos sentamos diez minutos en la cafetería que han puesto en el lugar donde antes observábamos a todas aquellas tortugas nadar en las aguas verdosas del estanque gigante. Me ha preguntado lo de siempre y le he respondido que lo más difícil es renunciar a la idea que yo tenía de mí misma. Sin embargo, pronto hemos dejado de hablar, porque eran las 19:15, y hemos ido hacia la rampa mecánica, que se ha quedado, de repente, detenida, y hemos seguido andando, incómodos, por ella. A veces, aunque no esté en una rampa mecánica, tengo esa misma sensación: la inercia termina, algo en marcha se detiene de improviso, y tengo que seguir avanzando.

Cuando llego a Madrid, mi padre me recoge invariablemente tarde. Detiene su coche a la salida del AVE, en la planta de arriba, en la fila de al lado de los taxis, y siempre lo espero leyendo un libro. Antes de darme dos besos me pregunta qué tal el viaje y si se me ha hecho muy largo y luego, aunque eso solo lo pregunta a veces, cuando ya estoy sentada en el asiento del copiloto, me pregunta a quién leo y se ríe. «Y este quién es, a ver, seguro que es un come-cocos-brutal», que es el término con el que bautizaba, haciendo una sutil imitación de las siglas del CCCB de Barcelona, todas las películas en versión original que yo lo llevaba a ver al cine. Películas en las que él, sin excepción, caía en un sueño profundo a los diez minutos de haber empezado. Aquel, el de CCCB, fue un término que con los años extendió también a autores, libros, obras de teatro.

Mi padre es muchas cosas, pero es siempre mi padre en Atocha. La nuestra es una relación a distancia, en diferido. Como si viviéramos en husos horarios distintos y casi incompatibles que dificultaran la comunicación.

Mi padre lleva camisas de rayas azules, mocasines de ante marrón, gafas de marca pero nunca de pasta porque dice que esas son de intelectual.

Mi padre no sabe, aunque sospecha, que a menudo le echo la culpa de cosas con las que no tiene nada que ver. Sin embargo, cuando algo me va mal, me es cómodo pensar que hay una explicación, y un padre ausente, mi padre ausente, ha sido un tema recurrente en las consultas de psicólogos que, sorprendidos, buscaban lo mismo que yo, sospecho que lo mismo que todos: una justificación.

Lo que más me gusta de la casa de mi padre, que está en las afueras de Madrid, en esas urbanizaciones clonadas en las que las mujeres siempre son rubias y llevan las uñas bien hechas, es el pasillo y esas largas lamas de parqué que quizás es sueco, no sé, pero nórdico, seguro. Ese pasillo largo, ancho e interminable que une la cocina y el salón con las demás estancias de la casa está cubierto por alfombras, pero no por completo. Así que avanzo de alfombra en alfombra, como si no pudiera tocar el parqué. Con el tiempo he llegado a convencerme de que las pequeñas alfombras son islas. Como las que pueblan la piel quemada de su cabeza. Voy de isla en isla hasta la cocina.

En realidad, un archipiélago está unido por lo que lo separa, y así ocurre con las personas.

A veces, cuando no se da cuenta, escucho las conversaciones de mi padre. Ayer, por ejemplo, lo escuché desde mi habitación mientras hablaba con una teleoperadora y él, paciente, se lamentaba de la poca calidad de la conexión y decía cosas como: «Verá, yo sé que no es su culpa, pero no la entiendo», o «Solo es cuestión de cambiar el número secreto de la tarjeta y me haría un favor enorme si me ayudara». Al colgar, oí que accedía a hacer una encuesta para valorar el servicio: «Me he sentido muy satisfecho del trato recibido», dijo.

Pensé que un padre que accede a hacer una encuesta después de media hora de trámites engorrosos es bueno. Que mi padre es bueno.

Cuando estoy en Madrid, mi padre me lleva a los sitios. Dice que quiere jubilarse pronto para poder llevarme en coche a todos lados porque yo no conduzco y a estas alturas ya ha perdido la esperanza de que lo haga. Dice que será mi Uber particular. Durante estos viajes en coche, a veces temo no saber qué decir, porque se queda callado, pero tengo un repertorio de bromas que aunque ya han caducado siempre desempolvo cuando tengo miedo de no ser lo suficientemente divertida para él.

Al despedirnos, mi padre en Atocha se queda rígido, esperando mientras la revisora me escanea el billete, y siento su mirada fija en mí a través del control, y pasamos las maletas y yo al otro lado y él sigue ahí, de pie. Es mi padre en Atocha que espera, y soy yo que agito la mano como queriendo decir: «Estoy bien, papá, voy a estar bien», aunque sabemos los dos que luego la mayoría de las veces tampoco es así.

Me doy la vuelta rápido porque siento que tengo que irme.

Mi padre y yo siempre estamos despidiéndonos en sitios y a veces pienso que él querría que me quedara más, pero yo no sé hacerlo —a los hijos, creo, se nos enseña a hacer eso, a saber quedarnos, pero yo, en algún momento, lo olvidé—.

Nunca he visto cómo se marcha mi padre de Atocha. Para mí, se queda siempre en la estación, hasta la próxima vez que vengo y me recoge en la planta de arriba, la de llegadas.

Ya desde dentro del vagón, miro la pantallita del móvil, las llamadas perdidas, y vuelvo a ver su nombre, su apellido, que es el mío, y sé que un día tengo que cambiarlo y poner «papá», pero sé que él tampoco se enteraría, que quizás la única que tiene que enterarse soy yo.

Pero solo pienso en cambiarlo cuando me estoy yendo de Atocha. Irse de los sitios es siempre desear volver, y solo desde ahí, desde el deseo, puedo yo volver a llamar a mi padre.

Cómo borrar a tu expareja

Hace cientos de millones de años,
Europa se alejó de América a la misma
velocidad con la que crecen nuestras uñas.
National Geographic

Para Lorrie Moore

Ponte el abrigo de lana azul marino que te compró en aquella tienda tan cara que hacía esquina con Rue du Calvaire, Nantes, 2009. No te lo quites ahora, Barcelona, 2019, aunque no tengas frío, porque sabes que el abrigo es un símbolo y un símbolo es lo que permanece.

Entra en el restaurante y siéntate a su lado en la barra. Cuando te hayas terminado la copa de vino tinto, dile que le quieres mucho pero que te tienes que marchar, «me tengo que ir», y aquí ir no es sinónimo de viajar, de dar un paseo, sino que es ese mismo verbo envenenado que utilizan los que hablan de los muertos como de «los que se han ido».
Sentada en un taburete alto, observa los bogavantes frente a ti, tras las vitrinas, vivos aún, con las pinzas atadas con un elástico verde. Se mueven y tú los ves sobre el hielo haciendo el esfuerzo inútil de quien quiere volver a la vida. Apura el vino tinto y dile, de repente, que le querrás siempre, y que la cuenta, por favor, que no hace falta que pida nada más, que no tienes hambre, y que sientes no haberlo hecho mejor. Y realmente es así.

Siente un leve remordimiento cuando lo veas llorar. Llora también tú, aunque no sepas si las lágrimas son de rabia, de impotencia o de secreto alivio.

Mira por última vez los bogavantes después de pagar la cuenta. En la calle, bajo los toldos naranjas que imitan los de una *brasserie* francesa, despídete con un abrazo largo y cálido. Prométele que os veréis pronto. Vete a tu nueva casa y llora, siéntete el centro de todos los clichés, de todas las series americanas, de las películas de sábado tarde, y ahoga las lágrimas en la almohada.

Llámalo a las dos semanas para repartiros las últimas cosas. Quédate con la batidora de diseño y el peluche de un delfín bebé y la lámpara que nunca ha funcionado bien. Cédele los vinilos, las toallas con esa cenefa tosca, el aspirador que le compró su madre pero que usabas tú. Coge los trastos y deja que él te lleve abrazada por los hombros cuando te acompañe a la estación de metro. Baja las escaleras y vuelve a llorar.

Mándale un mensaje la tarde de un domingo triste: «Te echo de menos», y siente la angustia por si no responde o por si tarda en responder. Y arrepiéntete de haberlo hecho cuando te conteste que «nadie dijo que fuera fácil», pero maldice de nuevo su falta de empatía, su apego a las frases fáciles, a los eslóganes publicitarios. Enfádate contigo misma por haberle enviado el mensaje y ponte esa película que habla de una pareja que lleva años junta y que de repente se separa. Piensa, mientras te haces la cena, que esa película te ha contado tu vida.

Pon tú sola la funda del nórdico y piensa en él.

Deja pasar las semanas y decide, al final, no escuchar más música porque todo lo que escuchas te hace pensar en él. Supón, aunque no lo sepas, que él ya está con otra porque no te dice nada. Recrimínate entonces que tampoco tú le estás diciendo nada y que qué demonios, si al fin y al cabo fuiste tú.

Encuentra, entre tus pijamas de verano, una camiseta suya del festival de música de Cap Roig. Escríbele un mensaje y luego, a punto de mandarlo, bórralo.

Encuéntrate también a su mejor amigo por la calle y abrázale fuerte. «Cuánto tiempo.» Evita preguntarle por él, como si no te importara ya. Muéstrate segura, una mujer que tiene las cosas claras, que está sola. Finge que te alegras cuando te dice que han estado juntos el fin de semana, e imagínatelo contento y aliviado de estar sin ti. Súmete en un estado de autocompasión absoluta diciéndote que nunca encontrarás a nadie mejor, que no habrías tenido que dejarlo.

Tira la camiseta del festival de música de Cap Roig.

Vete a cenar con aquel chico al que sabes que le gustas aunque él no te guste a ti. Deja que te bese en la primera copa. Tómate otra copa, y después otra. Y cuando ya no te tengas en pie deja que te acompañe a casa, que te meta en la cama. Cuando te levantes al día siguiente, resacosa y perdida, y le veas a tu lado, en *su* sitio, cierra los ojos de nuevo como si pudieras volver a la pantalla anterior deseando que nada de esto estuviera ocurriendo.

Deja que pasen las semanas, apúntate a bailar salsa, empieza a correr, haz cosas nuevas, «sal de tu zona de confort». Pregúntate si, aunque sea alguna vez, él se acuerda de ti.

Deja que lleguen las primeras Navidades y sal a pasear sola por el barrio, las calles engalanadas, las familias que van a comprar regalos. Cuando recibas un mensaje de su madre, de su hermano, «Te echamos de menos», retuércete de dolor y nostalgia mientras piensas que todo podría haber sido distinto, aunque rectificas al poco porque sabes que no lo fue.

Hazte un test de reserva ovárica y marca la casilla adecuada, la que dice «mujer sola».

Deja también que llegue su cumpleaños y llámale y escucha su voz a través del teléfono, esa voz que te era tan conocida, y permite que se te caiga el mundo a los pies. Dite que es nostalgia, que solo te ocurre a ti. Cuando te sugiera quedar esa misma tarde para poneros al día, siente que no tienes que hacerlo pero hazlo, porque por un momento crees que será bueno.

Ponte guapa, que te vea bien, maquillada incluso. Cómprale una tontería. Tú aún le quieres, aunque sea distinto. Y él aún te quiere y, cuando os veis, soñáis que volvéis a ser los de antes, y «te acuerdas cuando» y «cómo está tu madre», y «joé, mira cómo nos lo pasábamos» y «Marta y Raúl han sido padres ya», «y mira quién nos lo iba a decir», pero no le menciones lo de la casilla de mujer sola y el miedo de no saber ahora con quién tendrás tú los hijos, y «con lo bien que nos iba y ya casi un año desde que lo dejamos». Continúa llamándole por su mote de siempre, el que te inventaste, piensa que le sigue quedando igual de bien esa camisa azul que le regalaste. Vete a casa con el regusto a óxido del pasado y debatiéndote entre la culpa y la nostalgia, pero mándale un mensaje a otro, aunque solo sea por sentir que estás avanzando, que tienes otra vida y que te gusta, aunque no estés segura.

Observa que ha pasado el primer año del calendario. Siéntete ligera, con fuerzas ya para empezar cualquier cosa, sonríele abiertamente en esa fiesta en la que te lo encuentras, aunque sepas que lleva todo el rato hablando con otra. Dile que claro, que quedáis la semana siguiente, que hace mucho que no os ponéis al día, y piensa en lo desafortunado de la expresión «ponerse al día» con quien se han compartido tantos años. Respóndele con despreocupación, cuando te pregunta si estás con alguien, que «ha habido alguien pero nada importante», finge desinterés cuando escuchas, sin que se lo hayas preguntado, que a él le ha ocurrido lo mismo pero «que ya no nos vemos».

Pregúntate, en casa, quién es y si es más guapa que tú. No la busques en las redes. No la busques. O sí, búscala y encuentra esa foto, la de ellos dos en una playa en la que hay perros. O no. Un momento. Cerdos. Pigs Island, se llama.

No duermas esa noche. Recréate en la isla de los Cerdos. Descubre que está en las Bahamas y piensa en que tú no has hecho ningún viaje con nadie desde que no estás con él.

Deja que pase aún más tiempo y finalmente cede, vuelve a quedar con él, aunque ya no sea para cenar, aunque sea para tomar algo antes de la cena porque tienes trabajo, porque antes quieres ir al gimnasio. Siéntelo distinto, su tono de voz, los gestos. La camisa es nueva, quizás es por eso. Reconócelo solo cuando sonríe y entonces piensa en Machado y que aún es siempre todavía. Olvídate pronto de Machado, porque suena la alarma del teléfono y la tintorería cierra y necesitas el traje para la reunión de las nueve de la mañana, y levántate rauda, deja el agua con gas a medias y dile que le llamarás, claro, cómo no vas a hacerlo, que tenéis que veros más a menudo. Y al llegar a casa, sin haber ido al gimnasio, con el traje que dejas caer pesado sobre el sofá, ten remordimientos y piensa en mandarle un mensaje para decirle que sientes que haya sido tan corto, pero lo borras antes de enviarlo porque no sabes exactamente qué le quieres decir.

No le llames ya por su cumpleaños, mándale un mensaje. Llámale por su nombre mejor, aunque siempre hayas utilizado ese mote que ahora se ha quedado pequeño y cojo, como una palabra de una lengua hablada por una civilización antigua.

No repares en que él se olvida de tu cumpleaños y te felicita un día después. No repares tampoco en que te llama «guapa». A ti. Sí, guapa.

Sonríele con autosuficiencia cuando te lo encuentres en la fiesta de inauguración de un festival de cine. Dirígete hacia él, lentamente. Di, mientras le agarras de la manga de la americana, con suavidad, para que no note ninguna urgencia, que luego os veis, que claro, que le buscarás entre la gente, que vas a por una cerveza. Sonríe de nuevo sabiendo, como sabe él, que no lo harás. Que irás al baño y verás al hombre interesante de antes, que tu amiga querrá ir a la barra a por un gin-tonic que no sea una basura. Que tu exjefe hará su aparición triunfal y tratará de saludarte como si pudiera sostenerse y tú volverás a pensar en la suerte que tienes de no verle más. Que luego alguien propondrá ir a cenar y ni siquiera lo dudarás. «Mientras no sea el mexicano del otro día», añadirás. «Mientras dejen beber más vino», bromearás. Que entonces irás al guardarropa y recogerás ese abrigo azul marino con el forro de los bolsillos agujereado que alguien te compró en la Rue du Calvaire, Nantes, 2009, y que trajiste por si hacía frío.

Sabes que nadie te espera ya en la barra. Los que erais ya son otros y la trituradora del tiempo avanza mientras tú le das la ficha del guardarropa a un chico joven y pelirrojo y él te desea una feliz noche y tú

95

piensas en la cena que os espera y en pedirte otro vino mientras te pones el abrigo y observas con fastidio que se te han colado unas monedas por el forro del bolsillo. Lo tienes que tirar un día de estos, y abandonas el hotel sabiendo que a él ya no lo buscarás. Que no lo harás nunca más.

Don't cry, madam

—Pero yo no estoy muerto —se oyó decir con perplejidad.

Sin embargo, el caballo no parecía tenerlo tan claro y fue aproximándose más. Cada vez más. Se acercó tanto que con su lomo, brillante, vigoroso, casi podía rozarle el antebrazo. Entonces él, paralizado, sin atreverse a hacer ni el más mínimo movimiento, lo repitió, levantando un poco la voz para que sus residentes y compañeros de departamento pudieran escucharlo.

—Yo no estoy muerto.

El caballo emitió un largo gemido.

—¿Verdad? —musitó.

El caballo andaba a cuatro patas y pesaba quinientos kilos, pero ello no le impedía acceder a los hospitales, montar en los ascensores y entrar en las habitaciones de los enfermos más graves. Era un semental de catorce años, un ejemplar de doma clásica que dejaba perplejos a médicos y veterinarios. Poseía una capacidad prodigiosa para detectar a quienes padecían enfermedades en fases avanzadas: cáncer, alzheimer u otras dolencias de mal pronóstico. El caballo no los curaba, pero los aliviaba, los acompañaba. Los tranquilizaba.

Cuando a Pedro, el director del departamento de Cuidados Paliativos, con veinticuatro años de experiencia a sus espaldas, tres ascensos ganados a pulso, un divorcio reciente y la sensación constante, a pesar de sus cincuenta y tres años, de haberlo visto todo, le preguntaron frontalmente —llevaba semanas evadiendo el tema— aquella cuestión acerca del caballo, respondió con una palabra anticuada: «Pamplinas». Él mismo se sorprendió al escucharse decir eso en la reunión del departamento. Había que tomar la decisión de si daban consentimiento o no a que el caballo tuviera acceso al hospital y a los enfermos.

—Pamplinas —afirmó Pedro—. Lo que me faltaba por ver: un caballo mágico.

Ante las miradas reprobatorias de sus compañeros, siguió:

—Pero ¿estamos locos, o qué?

Salió de la sala indignado, estrujando el vaso de plástico con los restos del infame café de máquina que siempre se juraba no volver a tomar y que, sin embargo, tomaba día tras día.

Sus dos residentes, Mara y Javier, sonrieron con resignación, acostumbrados ya a que su jefe jamás cediera ante cualquier procedimiento innovador que se saliera de la norma. «Pamplinas», dijo Javier en un susurro que hizo reír a cuantos lo escucharon.

Días más tarde, Pedro se reunió con el director general del hospital y terminó cediendo. Si querían al caballo, adelante, que se arreglaran entre todos.

—Pero no me pidáis que participe en ningún numerito circense. Que suficiente tengo ya con lo que tengo. Y con lo que no tengo —añadió con sorna.

El director lanzó una risita forzada.

—¿Todo bien, Pedro?

—Todo en orden.

Antes de salir del despacho, se fijó en las vallas publicitarias de la carretera de La Coruña que se veían a través del cristal del despacho. «Soluciones de comunicación», decía una, y la otra, al lado, con un número de teléfono escrito en cifras gigantes: «¿Has sufrido un accidente?».

El director le preguntó qué miraba.

—Nada —le respondió, y se encaminó hacia la máquina de los cafés.

El caballo podría haberse llamado Atila, Quebrantahuesos, Pegaso o Sultán. Sin embargo, se llamaba Ramón. Cuando se lo presentaron a Pedro —dijeron eso: «Tenemos que presentártelo»— tuvo que aguantarse la risa al escuchar que se llamaba Ramón, de manera que decidió que para él sería simplemente «el caballo».

—Encargaos de este asunto vosotros dos —les dijo a sus residentes—. Yo ya os dije que no quería saber nada del caballo.

—Se llama Ramón.

—Por mí como si se llama Juanito.

—Pamplinas —repitió Javier cuando Pedro enfiló el pasillo en dirección a su despacho. «Pamplinas», en la que ya se había convertido en una broma común para referirse a aquel médico tan venerado y, a la vez, tan caricaturizado.

La mujer de Pedro se había marchado de casa seis meses atrás. Era radióloga en un centro de diagnóstico y se había llevado a los gemelos con ella. En el hospital lo sabían pero nadie conocía los motivos. Cuando Sandra, la secretaria del departamento, le preguntó a Pedro qué había ocurrido, le respondió con una estadística.

—El ochenta y siete por ciento de las parejas se separa después de unas vacaciones.

Zanjó así la conversación, sin dar pie a que le preguntaran por nada más.

Todo había sido muy rápido. Volvieron de Mozambique y, al mes y medio, su mujer se marchó de casa.

—Aquí hay terceras personas —sentenció la propia Sandra unos días después en la pausa del café.

—¿Qué quieres decir? Pero si Pedro no tiene ni tiempo para una amante... —dijo Mara.

—Y quién te dice a ti que es él, a ver...

El caballo generó una auténtica expectación en el hospital. El primer día que apareció, preparado, la crin trenzada, el pelaje brillante y sedoso, acompañado por su cuidador, el funcionamiento del hospital se detuvo. Todos acudieron en masa a la planta de paliativos e hicieron fila en el pasillo, fuera de las habitaciones, para ver a Ramón. Y Ramón no hacía nada en particular, pero se acercaba quedamente, como sin querer molestar, a aquellos enfermos que estaban sufriendo más. Se detenía a su lado. Se apoyaba en ellos, en las partes del cuerpo que más les dolían, como si pudiera saber, como si pudiera comprender. Su presencia traía sosiego, era como una brisa inesperada que calmaba.

Pedro lo observaba apartado, con una angustia creciente.

Aquel primer día tuvo que entrar en una de las habitaciones y sintió la mirada fija del caballo. Se la devolvió, pero la apartó al instante. No era capaz de mantenerla.

—Te está mirando porque Ramón sabe quién manda aquí —dijo Javier con sorna. Pedro ni siquiera sonrió y decidió desmarcarse por completo de los circuitos y rutinas de aquel caballo que le producía, aunque no quisiera reconocerlo, un terror infinito.

Nos interesa más lo que intuimos que lo real y, justo por eso y a pesar de que no había indicios de absolutamente nada, se había empezado a rumorear en el hospital que la mujer de Pedro se había ido con otro más joven, como si aquella opción, los tópicos, ya se sabe, fuera la única. Sus compañeros sabían los titulares. Por ejemplo, que los niños estaban con ella, y que Pedro había pedido un aumento de sueldo porque no podía hacer frente a la pensión y al alquiler del nuevo apartamento al que se había mudado. Lo sabían porque el adjunto a la dirección de Recursos Humanos, al que acababan de contratar, se lo había comentado a Sandra, y aún no se había enterado, el pobre, de que decirle algo a Sandra tenía la misma capacidad expansiva que publicarlo en los tablones de anuncios del hospital.

Así, en el hospital, barajaban distintas hipótesis partiendo de las pocas certezas que les habían ido llegando. Certezas que no tenían absolutamente nada que ver con lo que había ocurrido en Mozambique.

Porque en aquellos corrillos que se formaban en los pasillos, en las cañas de después en el bar cerca del metro de Argüelles, ninguno mencionaba los datos importantes, como que, por ejemplo, la ruta de Inhambane a Maputo era larga y serpenteante. Que de noche es casi intransitable. Que los accidentes son frecuentes y que, desde entonces, Pedro sueña recurrentemente con plátanos esparcidos por el suelo y con un ruido seco, el del retrovisor que impacta contra algo duro, el manillar de una bicicleta quizás, o un árbol en el medio de la calzada, un cráneo o un puesto de fruta que no ha logrado esquivar.

Después de esa primera vez en que el caballo miró a Pedro con ojos penetrantes e inquisidores, o eso pensó él, Pedro asistió, por casualidad, desde el marco de la puerta de una habitación de paliativos, a un espectáculo dantesco. El cuidador del caballo les había contado días atrás que, en ocasiones, este se adelantaba y detectaba dolencias que ni siquiera los médicos habían sido capaces de nombrar, de encontrar.

Lo que vio desde el marco de la puerta lo dejó sin aliento. En la cama estaba Gerardo, uno de sus pacientes más queridos, haciendo frente a los últimos días de sedación. Al entrar en la habitación, el caballo se acercó, en primer lugar, al paciente y detuvo su hocico en el estómago. Páncreas, eso era. Se mantuvo unos instantes en esa posición, pero luego levantó la cabeza y escudriñó a las demás personas de la estancia. Con un pavor que no experimentaba desde niño, Pedro observó cómo el caballo se dirigía hacia la mujer de Gerardo, sentada en el sofá, y bajaba la cabeza hasta su rodilla.

—Lo sabe —dijo ella—. La artrosis que me está matando por dentro —y se puso a llorar mientas el caballo emitía una especie de gemido quedo y apesadumbrado que sumió a todos los que contemplaban la escena en el más profundo estupor.

Pedro se marchó rápido, sin despedirse de nadie. Empezó a correr por el pasillo y no fue ni siquiera capaz de esperar al ascensor. Se precipitó por las escaleras y bajó cuatro plantas, cogió uno de esos cafés de máquina que aborrecía y, ya en su despacho, lo apuró de un sorbo y se quedó unos instantes removiendo con la cucharilla de plástico el azúcar que había quedado en el fondo. Se dijo que ya había visto demasiado de toda aquella locura del caballo y se reafirmó en la determinación de evitar al animal a toda costa.

Algunos días, cuando Pedro llegaba a su nuevo piso, que ni siquiera había terminado de amueblar, era ya de noche. No es que tuviera tanto trabajo, pero, después de visitar a sus pacientes, se encerraba en su despacho y se ponía a ordenar expedientes antiguos. En más de una ocasión se había sorprendido a sí mismo con la mirada fija en la ventana. No era capaz de concentrarse, y entonces echaba mano de ese blíster de pastillas que guardaba a buen recaudo y que le permitía estar ausente, que era justamente lo que necesitaba.

Desde el coche, camino a ese apartamento que había alquilado en un barrio desangelado de nueva construcción, llamaba a sus hijos y les preguntaba por el colegio, por las extraescolares. Su ya exmujer se ponía al teléfono y una vez le pidió que por favor pensara las cosas, que fuera a un médico, que ella podía acompañarlo. Le dijo: «No es tu culpa, Pedro, no puedes seguir diciéndote eso a ti mismo», pero él no retenía lo que no le interesaba. «Claro que lo es. No pienso ir a un loquero, yo nunca he necesitado esas cosas.»

Pero sí había ido al psicólogo. Cuando llegaron de Mozambique y él dejó de comer, de dormir, su mujer, engañándole, fingiendo que la consulta era para ella, lo acompañó a un terapeuta que le preguntó una y otra vez por lo ocurrido, por el niño.

—No lo llames «el niño». Tiene un nombre —le espetó al psicólogo.

—Tenía, Pedro, tenía —corrigió.

—Munashe. Se llama Munashe.

Pero no recordaba su cara. Cuando Pedro trataba de evocar la cara del niño a veces la confundía con las manchas del test de Rorschach. Una sombra oscura que podía ser una agresiva masa tumoral, un brochazo difuminado de pintura o incluso la silueta desinflada de un corazón.

En su única visita al psicólogo atendió con desgana e irritación a sus pedantes explicaciones. Si había algo que Pedro detestaba profundamente era a la gente que utilizaba símiles y metáforas para explicar cosas que, en argot médico, no necesitaban ni de una paráfrasis. Así, aquel psicólogo pretencioso sentenció, refiriéndose a él, a su estado anímico, que había que ser rápido con el veneno de las serpientes, aunque nadie hubiera mencionado a esos reptiles en ningún momento de la conversación. Era necesario actuar con velocidad, dijo, porque el veneno podía paralizar en un primer momento, incluso podía ser letal. «Pero lo peor de todo es el veneno que adormece y se queda dentro. El veneno que permanece y mata lentamente.» Cuando terminó la perorata, Pedro le dijo con enorme fastidio: «Pero ¿quieres hacer el favor de dejar de hablar de serpientes y decirme lo que me quieres decir?».

En agosto, su mujer lo había acompañado a un congreso en Maputo y cuando terminó alquilaron un coche para irse unos días a descansar a Inhambane, un pueblecito de pescadores a siete horas de la capital de Mozambique. Desde la terraza del hotel donde se hospedaban, Casa do Capitão, podían verse lenguas de arena en las que grandes barcos se habían quedado varados.

—Calcularon mal —había dicho él en la primera cena, tras el extenuante viaje.

Y hablaron de los errores de cálculo. Pedro trataba de imaginar en qué momento habrían encallado y cuánto habrían tardado en darse cuenta de que la situación era irreversible. Aunque no era el hombre más intuitivo del planeta, cuando conversaron sobre aquello, de los errores de cálculo, de cuando aquellos enormes cachalotes habían empezado a tocar fondo, se dio cuenta de que su mujer trataba de hablarle de otra cosa, de ellos mismos. Pronunció la palabra «atascados» para referirse a cómo habían estado desde que los gemelos ya no necesitaban tantas atenciones. Pronunció de nuevo aquella palabra, «atascados», el día antes de regresar a Maputo, y a Pedro, poco dado a las conversaciones que ahondaban en sentimientos, en intangibles, se le había hecho un nudo en la garganta, había fingido cansancio y se había retirado a la habitación a dormir a pesar de que eran las siete y media de la tarde.

Emprendieron el viaje de vuelta cansados. En Inhambane oscurecía pronto. A las seis, el sol se escondía detrás del mar y por el camino veían las palmeras perfiladas en negro sobre todas aquellas tonalidades. Naranja, rosáceo. El azul oscuro. Todas ellas bailaban, menguaban, se confundían, hasta que desaparecían en un manto oscuro. Su mujer condujo las primeras horas y luego él tomó el relevo a pesar de que no estaba del todo centrado. Por su cabeza merodeaba esa palabra, «atascados», y pensaba en cómo, a veces, los acontecimientos se precipitaban irremediablemente después de que se hubieran pronunciado determinadas palabras.

Fue un viaje tranquilo hasta que llegaron a la altura de Xai-Xai, donde se encontraron con un control policial. Les pusieron una multa por exceso de velocidad, aunque aquel policía enclenque aceptó de buena gana el billete de cincuenta dólares que Pedro le entregó a cambio de que les dejaran pasar. Comieron un sándwich de queso en una gasolinera destartalada y después, ya casi de buen humor porque se intuía el final del viaje, se adentraron en el último tramo del camino hacia Maputo.

No había alumbrado, solo oscuridad. Escuchaban, desde el interior del coche, celebraciones, fiestas. Viernes noche, casi las doce, pero a Pedro le daba la sensación de que eran altas horas de la madrugada. No quedaba nada para llegar a Maputo, apenas una hora.

Al final, fue imposible evitar al caballo.

Pedro había bajado a la entrada de consultas externas con Mara y Javier para hacerse una fotografía que saldría en el próximo número de la revista del hospital. En la rampa de entrada, habían sonreído los tres a la cámara hasta que a Pedro se le torció la sonrisa cuando divisó, a lo lejos, al caballo.

—Tengo prisa, muchísima prisa —le dijo al fotógrafo.

Pero la prisa no le salvó del caballo que, al avanzar por la rampa, se detuvo en seco, a pesar de que su cuidador hizo todo lo que pudo para que continuara andando. Se paró frente a Pedro y sus dos residentes, y el fotógrafo, que no entendía lo que estaba ocurriendo, siguió disparando. Mara y Javier se fueron retirando, asustados, y Pedro los imitó. Pero el caballo siguió tras él hasta arrinconarlo contra la fachada del edificio.

—Quitadme a este bicho de aquí ahora mismo —gritó, enfurecido.

—Pedro... —empezó el cuidador—, Ramón solo quiere acercarse.

—¡A la mierda Ramón! ¡Vete! —le gritó al caballo—. ¡Que he dicho que te vayas!

Entonces se dio cuenta de que estaba rodeado de gente que lo miraba con una mezcla de tristeza y curiosidad.

—Pero yo no estoy muerto —se oyó decir con perplejidad.

Sin embargo, el caballo no parecía tenerlo tan claro y fue aproximándose más. Cada vez más. Se acercó tanto que con su lomo, brillante, vigoroso, casi podía rozarle el antebrazo. Entonces él, paralizado, sin atreverse a hacer ni el más mínimo movimiento, lo repitió, levantando un poco la voz para que sus residentes y compañeros de departamento pudieran escucharlo.

—Yo no estoy muerto.

El caballo emitió un largo gemido.

—¿Verdad? —musitó.

El caballo no se movía; tampoco Pedro, petrificado, sin poder escapar. Vio, helado de terror, cómo se acercaba aún más. Resolló, lo tenía tan cerca que el aire caliente le alborotó los mechones de pelo ralo con los que hacía intentos infructuosos para cubrir las entradas, la coronilla.

Pedro y el animal se convirtieron en el centro de atención de los transeúntes, de los que acudían al hospital. Sentía sobre él no solo los ojos de la gente, sino aquella mirada acuosa del caballo. Sentía que le estaba reclamando algo.

—¡Vete! —gritó de nuevo.

Pero el caballo dio un último paso hasta que dejó caer su hocico sobre el hombro de Pedro y así apoyado, el animal cerró los ojos unos instantes. Fue entonces cuando Pedro lo vio. Al niño, a Munashe, cuyo nombre significaba «con Dios». Vio los plátanos en el aire, los plátanos esparcidos por el suelo. El sonido. Crac. Las manchas del test de Rorschach.

—No pude hacer nada. No pude hacer nada. Yo no lo vi. Salió disparado, llevaba plátanos, un bol lleno de plátanos, y saltaron por los aires —dijo sin aliento.

Nadie entendía, sin embargo, de qué estaba hablando.

—Fue un accidente. No había apenas luz, de repente salió un niño. Y no lo vi. Detrás iba su madre pero a ella no le pasó nada. Al que no vi fue al niño. No lo vi. No podía verlo.

—Pedro, ¿qué te pasa? Estás temblando —preguntó Javier, asustado.

El cuidador intentó llevarse al caballo, reticente al principio, que se negaba a apartarse de Pedro.

—¿Quiere decir eso que moriré? —le preguntó Pedro al cuidador.

—No. A veces se equivoca y confunde la enfermedad con el dolor.

—¡Pero necesito saberlo! ¡Quiero saber qué demonios sabe ese caballo!

El cuidador, sin añadir nada más, consiguió llevárselo por fin y, de repente, Pedro se vio rodeado, solo, con todos esos ojos que lo estudiaban con curiosidad.

—Yo no estoy muerto —dijo, blanco, empapado en sudor—. Ni siquiera estoy enfermo.

Cerró los ojos. Fue tan solo una décima de segundo en el tiempo extendido del universo y vio a una madre desesperada y a él mismo, que se bajaba del coche para ver qué había sido aquel tremendo golpe. Y lo vio, entonces lo vio: Munashe. Pero Pedro ya no estaba ahí, había dejado de estarlo, y su mujer gritaba: «Pedro, haz algo, por favor. Pedro, por el amor de dios». Sin embargo, Pedro solo podía permanecer de pie, sintiendo que el alma lo abandonaba, como si se fuera de él hacia otro lugar, con el otro Pedro que se había quedado conduciendo el coche hacia Maputo, que ya no sería nunca más él. Vio también la sangre y los plátanos por el suelo, la gente del pueblo que salió a la carretera ante los gritos de esa madre y él, de repente, que se arrodilló, en el único gesto que fue capaz de hacer, y dijo: *«Don't cry, madam. Don't cry, madam»,* y su mujer, arrodillada también, llorando junto a la madre que intentaba despertar al niño. «Eres médico, Pedro, haz algo, por favor..., ayúdanos.» Pero Pedro supo entonces que ya no era él.

—Yo no estoy muerto —dijo a ese auditorio de repente congregado en la entrada del hospital—. Ojalá.

Verano 2017

Fuimos a ver aquella película, *Verano 1993*, y, cuando salimos del cine Verdi, decidimos cenar en el Ugarit, el sirio al que siempre íbamos para tomarnos un pollo aderezado con limón, perejil y ajo llamado xix tawuk y una copa de vino blanco que la camarera solía llenar hasta el borde. Aquel día, mi chico y yo hablábamos de la película. De las dos niñas, Frida y Anna, pero sobre todo de Frida, con sus rizos y esa mirada a medio camino entre la perplejidad y la inquietud. Frida, que me había recordado tanto a mí. Cuando terminó la película y en la sala se encendieron las luces, mi chico me vio pensativa y me preguntó qué me pasaba. Me encogí de hombros. Volvió a hacerlo cuando ya habíamos empezado a comer el xix tawuk y entonces yo le dije la verdad, que me recordaba mucho a mi infancia, que Frida me recordaba mucho a mí.

—Pero si tus padres no se han muerto —dijo extrañado.

—Ya lo sé. Pero es otra cosa. Es ese no saber si tengo un lugar.

Asintió, pero él no sabía. Cómo iba a saber, si yo no se lo había contado.

El chico y yo teníamos un cactus. Lo robamos —robé, mejor dicho— en un hotel de Carcassonne

111

en un invierno frío, el primero que pasamos juntos. Ni siquiera éramos pareja todavía y ese fin de semana fue la primera vez que dormí a su lado. Y pude hacerlo. Dormir, estar tranquila. Algo que no me ocurre con demasiada facilidad porque a mí los hombres me cuestan: me cuesta verlos a mi lado y no sentir miedo. A que se vayan, a que se queden. Quién sabe en qué dirección se agazapa el miedo.

El de Carcassonne era un hotel presuntuoso pero bonito, y en el baño de la habitación, en una esquina, casi olvidada, estaba la maceta fucsia con el cactus. Era una maceta un poco grande para estar en el suelo de un baño, pero su color, increíblemente vívido, llamaba la atención. Al marcharnos del hotel me la llevé. Más por la maceta que por el cactus. Y de vuelta hacia Barcelona, ya en el coche, paramos a comprar muebles para la casa del chico, que terminó siendo la mía, pero entonces aún no lo sabía. Cuando conseguimos abatir los asientos y meter la mesa de madera, aquel reloj que luego acabamos guardando en el altillo y la alfombra «de colorines», como la llamaba él, le dije que había robado una maceta fucsia que hacía juego con la alfombra. Rio al ver el cactus escondido en el maletero bajo mi abrigo negro.

La película habla sobre lo que es ser una familia, sobre lo que significa pertenecer a un lugar. Cuenta la historia de Frida que, huérfana de madre y padre, es adoptada por sus tíos, que ya tienen una hija, Anna, un par de años más pequeña que ella. En la película, hay una escena muy tierna, de una gran delicadeza: un buen día, Frida toma la decisión de huir, de irse a su casa porque considera que ahí, en ese nuevo hogar, nadie la quiere. Así se lo comunica a su prima Anna que, perpleja, trata de convencerla de que sí, de que claro que la quieren. Pero la decisión de Frida es irrevocable y se marcha a su casa. Pero esa es una palabra extraña porque a estas alturas de la película, el espectador y Frida saben que ella no tiene otra casa. Así que cae la noche y con su maletita a cuestas, Frida se va. Su prima la sigue hasta la puerta y le ruega de nuevo que no lo haga. Pero Frida, convencida, inconmovible, armada de su pequeña linterna, echa a andar. La placidez del cielo estrellado de verano no mitiga su sobresalto cuando el perro del vecino, atado a una cadena, empieza a ladrar y parece que vaya a salir tras ella. Sigue aún unos metros más por el camino que lleva al pueblo hasta verse deslumbrada por los coches que la adelantan veloces. Entonces, asustada, da media vuelta. Sus tíos, desesperados, están buscándola por todos los rincones de casa y sorprendidos, la ven regresar. Rauda y expeditiva, traspasa el umbral y anuncia: «Ya me iré mañana. Ahora está demasiado oscuro».

Dos semanas después de aquel día en los Verdi, el chico y yo nos separamos. Cogí lo que me cabía en mi maleta roja de los viajes y me prometí volver pronto a por todo lo demás. Impotente, él me observaba llorar a mí, que era la que se marchaba y, por tanto, la que no tenía que estar llorando.

Nadie se creerá que a los pocos días de irme nuestro cactus murió. Es cierto que a lo largo de los meses anteriores había empezado a adelgazar y se había torcido, incómodo, en su maceta fucsia. Como si las raíces no lo sujetaran tan firmemente o la tierra se hubiera agrietado. En realidad, el cactus adelgazó como si se preparara para desaparecer. ¿Cómo contar que un día se desplomó? ¿Que se fusionó con la arena?

Entonces el chico me mandó una foto y escribió: «De la tristeza de que no estés».

Y en casa de mi madre, rodeada de mis peluches de infancia, esa rana cuya boca era una cremallera, los libros mal apilados que ya no cabían en la habitación, lloré. Sin comprender por qué estaba ahí ni por qué las cosas se me atravesaban siempre de aquella manera. De casa en casa. Con mi ropa siempre en varios sitios. Disimulando. Como si no existiera aquella otra persona huérfana dentro de mí. Pensaba: hay una parte donde nunca nos abrazan. Y pensaba también en Frida, en que a lo largo de la película casi nunca llora. Creo que es porque no sabe.

Al cabo de un mes, mi madre me acompañó a mi antigua casa para hacer la mudanza. Trajimos maletas y bolsas de Ikea.

—Dónde vamos a meter todo esto, a ver. Es que, hija, acumulas, siempre te lo digo: acumulas —me iba diciendo mientras a toda prisa, como si estuviéramos huyendo de algún desastre nuclear, llenaba bolsas, estuches y maletas como si rellenara un pavo navideño: hasta reventar—. Y lo que tampoco entiendo es que hayas podido vivir aquí con este calorazo. Oye, y el champú ese cógelo. Las sábanas con los bordados os las compré yo para Navidades.

Cuando ya estábamos yéndonos vi, de repente, cómo antes de cerrar la puerta, en un arrebato, mi madre cogía aquella maceta fucsia que había contenido un cactus un poco pequeño para su dimensión.

—¡Mamá!

Al salir del portal un vecino me saludó entre maletas, bolsas de Ikea y la maceta.

—Así que de vacaciones, ¿eh?

Ya en la calle mi madre me dijo que menudo imbécil, que desde cuándo la gente se llevaba las macetas de vacaciones.

Cuando llegamos a su casa, la mía a partir de ese día, el marido de mi madre cocinaba albóndigas y me llamó desde la cocina para que viera tamaña proeza.

—Vaya, desde hoy creo en la evolución de la especie —dije queriendo sonar divertida. Pero me fui hacia el fondo, hacia mi habitación, con mis bolsas rellenas como pavos, las lágrimas que se me caían otra vez y la voz de mi madre que se quejaba porque había que rebozar las albóndigas en harina antes de freírlas en la sartén y lo que estaba haciendo su marido era un auténtico desastre.

Era el verano de 2017 y yo tenía treinta y tres años. Me había pasado los últimos tres dividida entre dos casas porque me perdía con los lugares y las personas. O no tenía ninguno o tenía muchos. Que era lo mismo. Vivía con el chico del cactus y me levantaba y él me cubría de besos y yo a él. Nos divertíamos mucho. Reíamos siempre. Por cualquier cosa. Y, sin embargo, yo sentía una punzada en el pecho. Como si me habitara una enfermedad que fuera creciendo y adueñándose de todo de lo que yo no era dueña.

Nunca podré querer a nadie como él me quiso a mí, ahora lo sé. Y a pesar de eso, me fui.

A Frida lo que le pasa es que está un poco rota por dentro. Se ha quedado sin padres y sus tíos la quieren mucho, pero ella no sabe cómo hacerlo. Cómo devolverles ese amor sin sentirse un fraude. A Frida quise contarle que un día vi cómo una mujer abofeteaba a su hijo en el mercado. Le dejó los dedos rojos marcados en la mejilla, pero el niño no se inmutó. Cuando me fui del mercado continué pensando en el niño y en la de veces que debían de haberle cruzado la cara para que lo aceptara con ese estoicismo. Es fácil acostumbrarse al dolor. Frida, por ejemplo, solo llora una vez y es al final de la película. Supongo que descubre que tiene una oportunidad. La quieren así, aunque esté rota.

Frida no se da cuenta, pero lo que ocurre en esa escena en la que desanda el camino, muerta de miedo por los perros y la oscuridad, es que decide volver.

En el verano de 2017 decidí quedarme en Barcelona porque no sabía qué otra cosa podía hacer. Y día tras día cruzaba la ciudad desolada de agosto en un autobús, el 33, que la recorre de punta a punta. Me dejaron un despacho para escribir y me pasaba sola todo el día y, cuando terminaba de comer, estaba tan cansada que bajaba al sofá de la planta baja y me quedaba dormida a pesar del miedo a que alguien pudiera entrar. En el verano de 2017 terminé una novela, trescientas páginas que se resumían en una frase que me costó cinco años escribir y en la que nadie reparó porque era una frase aparentemente anodina. Eran dos palabras, catorce letras que, ya hacia el fin de la novela, alguien le decía a la protagonista.

«Entonces vuelve»: aquellas eran las palabras. Nada más complejo que eso. Una vez pude observar la frase, afilada sobre el blanco luminoso de la pantalla, comprendí por fin el dibujo escondido y lo injusto de que a veces nos esté inexplicablemente velado el significado de nuestras propias existencias. Dos palabras, catorce letras que yo había tardado no cinco años, sino incluso toda la vida en juntar.

Fue un verano caluroso, treinta y siete grados en el exterior, y, a veces, lo que ocurría cuando estaba en aquel despacho era que pensaba en la vida que había dejado. En no tener casa, o tener tantas, en haberme ido cuando estaba oscuro y haberme detenido en medio de la nada. Con los perros que ladraban y los coches que, veloces, me adelantaban también a mí. Era esa sensación de no pertenecer, de no llegar nunca a los lugares o a las personas. Y así, un día terminé por fin lo que sería mi primera novela y la convertí también en una urna sagrada de las cosas que ya no tendrían otra vida, porque sospecho que la literatura existe también para que sobreviva lo que ya está muerto.

A Frida creo que lo que le ocurre es que se piensa que todos van a abandonarla y por eso decide marcharse. O no. Quizás lo que le ocurre es que tiene miedo de no saber corresponder a los que le dan una casa, a los que la quieren. Así, dinamita lo que tiene para escoger ella su camino. Para que la dejen de querer cuando ella decida. Por eso, al final de la película, llora por única vez: porque entiende que no van a hacerlo. Porque puede intentar irse de casa, estar enfadada, gritar, abandonarlos en medio de la noche. Pero no, no lo harán. No se irán. Es aterrador saber que puedes volver, que te quieren de esa manera, incondicionalmente.

Ley de vida

Un gato lo llevaba en la boca e hizo amago de cruzar raudo el patio donde mi prima y yo, sin demasiado éxito, tratábamos de construir una cabaña en lo alto del único árbol que había. Era un ratón pequeño, delicado, de un color parduzco y ojos negrísimos.

Fue mi prima la que, sin piedad, se abalanzó sobre el gato armada de una escoba de jardín. No llegó a golpear al pobre gato, que salió despavorido ante el inesperado ataque de violencia y dejó al ratón herido abandonado a su suerte. Pero mi abuela sí que alcanzó a darle una colleja a mi prima y la reprendió con un «deja a los animales en paz». Mi prima, llorosa, replicó «que había que salvar al ratón porque era el débil». Antes de marcharse, mi abuela nos recordó que era ley de vida y que uno no podía jugar a ser dios ni inmiscuirse en asuntos que no le concernían. Yo, abanderado de las causas nobles e inútiles desde que nací, le respondí, grandilocuente, que le habíamos salvado la vida.

El ratón apenas tenía una herida que había dejado ya de sangrar y una pata un poco dañada que le impedía andar con normalidad.

Llenamos de agua y jabón un balde para lavar la ropa y, siguiendo los consejos que nos había dado la abuela para limpiarnos las heridas y rasguños, le lavamos los suyos. Mi prima dijo que quizás nos habíamos pasado con la cantidad de jabón y detergente en polvo, y yo me escuché decir, en esa expresión tan de mi madre cuando me llenaba hasta arriba el plato de puchero, que «más vale que sobre que no que falte». Pensé incluso en secarlo con el secador, pero al instante caí en que la abuela no iba a permitirlo jamás, que suficientes amenazas habíamos escuchado a lo largo de la tarde: «Si entra ese bicho en casa os voy a dar una buena», como para creer que podríamos llevarlo hasta el lavabo.

Como en los dibujos animados, le dimos queso. No nos sirvió el de barra light de la abuela, sino que echamos mano del otro, el caro de agujeros que el abuelo guardaba a buen recaudo, y nos llevamos otra reprimenda de la abuela, que nos amenazó con castigarnos lo que quedaba de verano si no dejábamos de alborotar con el asunto del ratoncito.

Con el nerviosismo que da estar haciendo las cosas mal y a escondidas, logramos recopilar unos cuantos ladrillos que había en el cobertizo y le construimos a nuestro huésped una especie de cabaña en el jardín. Intentando arreglarle la pata, mi prima había terminado dejándolo completamente cojo. «Lo que necesita es descansar», terció, así que lo metimos dentro de aquella casita improvisada en cuya entrada depositamos un buen trozo de queso de agujeros y nos despedimos del ratoncito, que desprendía un olor dulzón a detergente en polvo. Los ladrillos lo ocultarían y lo protegerían de los gatos, de los animales salvajes que creíamos que habitaban en las azoteas, en los bosques lejanos, en la oscuridad de la noche. Nosotros lo preservaríamos de todos aquellos peligros que no podíamos ni imaginar, de la muerte segura que de otro modo le hubiera dado caza.

Al día siguiente, no desayunamos. Aún con el pijama, agitados, con aquella excitación parecida a la de abrir los paquetes la mañana de Reyes, nos apresuramos a visitar a nuestro pequeño huésped. Salimos corriendo al patio para saludar al ratoncito y cerciorarnos de que nuestros cuidados habían surtido efecto, y así fue, porque al llegar vimos que los ladrillos habían aplastado al ratón, que yacía aprisionado debajo, con la patita separada del cuerpo por uno de ellos que le había arrancado la cola también.

Una trenza

No importa qué estés haciendo, las malas noticias te pillan siempre a trasmano. Si estás en una película o en un relato de Carver, sonará el teléfono en medio de la quietud de la noche. Pero yo estaba en la cocina, eran las dos del mediodía, y la noticia me pilló poniendo el agua a hervir para cocer unos tirabeques.

Los había comprado el lunes al salir del hospital, de camino a casa, porque aquellos días de finales de marzo me sorprendía a mí misma comprando cosas extrañas con las que luego imaginaba qué podía hacer —«¿Te gusta la verdura?», me dijo la frutera, y le respondí que sí, porque me temo que soy de esas personas a las que es fácil ya no engañar, pero sí llevarse al terreno de uno—. Pero decía que las noticias malas te pillan a trasmano porque fue entonces, el sábado, después de decidir in extremis que me encargaría por fin de los tirabeques, que me miraban entristecidos desde su balda de la nevera, cuando me pareció escuchar la vibración del teléfono.

De fondo, en el pequeño altavoz de color morado sonaba una canción llamada «Rose Petals». Fuera hacía sol y de la calle procedía el sonido del saxo que tocaba el vecino de abajo. Continuamente intentaba averiguar de qué canción se trataba. El estribillo me recordaba a una balada conocida, quizás de Bryan Ferry, de alguna mítica película de los ochenta en la que los personajes llevan hombreras y el pelo cardado, pero, cuando estaba a punto de averiguarlo y de exclamar «vale, es esta», mi vecino se equivocaba y volvía a empezar. Fue entonces cuando recibí una llamada.

Hay que usar los tiempos verbales con cuidado, Anne Sexton advertía con razón que «Las palabras y los huevos deben ser tratados con cuidado. Una vez rotos, son cosas imposibles de reparar». Pasa con los tiempos verbales y con la vida, que cuando se resquebrajan ya no hay nada que hacer.

Así que voy a empezar diciendo que ella era la más pequeña del lugar. El segundo día en que estuvo ingresada, después de que diera negativo por aquella tos y la operación del fémur hubiera ido bien, se me acercó un enfermero sonriente y me dijo: «Nunca he visto a una señora tan entrañable como tu abuela. Nos tiene a todos enamorados. Esos ojos. Y es tan pequeña». Entonces entramos en su habitación y ella nos miró, recostada como estaba en la cama del hospital, recién operada, con cánulas por las que le entraba el oxígeno, y puso los ojos en blanco porque sabía exactamente qué venía a decirle aquel enfermero tan simpático: «Le decía a su nieta la abuela tan guapa que tiene», y ella sonrió, claro, pero cuando el chico se fue, se apartó un poco las cánulas, como si fueran unas gafas de ver de quita y pon, y dijo: «Esto de hacerse viejo no hay quien lo aguante. Cuando me dicen que soy guapa les digo: "¡Anda ya!"». Le ajusté las cánulas y le dije que hiciera el favor de no hablar tanto. Y se rio.

Mi abuela se llamaba Elisa, Lisa la llamaba mi abuelo, y nosotros, mi hermano y yo, habíamos inventado tantos nombres y diminutivos a lo largo de los años que a la pobre la teníamos frita. Pero un alto aquí, porque los obituarios son un fastidio. Dicen cosas como «su gran pasión fue», «era reconocida por», «su compromiso a lo largo del tiempo con», «su amantísimo esposo que». A mi abuela le aburrían soberanamente las convenciones, decía lo que le parecía —sobre todo en los funerales, que detestaba— y aborrecía dos cosas más: la leche y el pelo de gato. Con respecto a la leche, a pesar de que ella insistiera en aquella historia de las gachas sin leche, siempre tuve mis dudas. Sé que si era solo un poquito, o si era en forma de queso Cerrato, se la tomaba. De manera que se trataba más de una manía infantil que de otra cosa. Pero con el pelo de gato..., aquello sí era dramático. Pobre de ti si se te ocurría acercarte con un anorak de capucha peluda.

Contaba siempre esa vieja anécdota, ella de niña, deseando más que cualquier otra cosa poder formar parte del coro de su colegio. Y las monjas negándoselo, ya no porque desafinara, sino porque sus grititos desacompasados debían de desconcertar a más de una de sus compañeras. Con el tiempo lo que ocurrió es que llegaron a un acuerdo y se convirtió en la cara visible del coro. «Tú solo mueve los labios, Elisa, que otra niña cantará detrás de ti.» Así fue como mi abuela se convirtió en la protagonista del coro sin que jamás llegara a salir un sonido de su garganta. Pero su afición al canto no se quedó ahí.

Mi madre, mi abuelo, sus nietos, todos fuimos testigos del afán con que trataba de cantar cualquier bolero de Nat King Cole cuando parecía que no nos dábamos cuenta.

Frente a la olla de agua hirviendo, la llamada decía, entre otras cosas de las que no me quiero acordar, que le quedaban horas, que habían empezado a sedarla y que no podríamos verla. Pero que la iban a cuidar bien.

Las únicas tardes que pasamos en el hospital hicimos varias sopas de letras en aquella cama reclinable. Le dije que seguía sin saber hacerme una trenza, de manera que dejó las sopas y me la empezó a hacer allí, yo apoyada sobre la barra metálica de la cama. La dejó a medias y me dijo que me la haría mejor en casa, y por un momento empecé a pensar en aquel tiempo: condicional, futuro. Después vimos a mi madre, a su marido y a mi hermano por la cámara del teléfono, y se reía, aunque al poco decía: «No me hagáis reír, que me duele». Sin embargo, yo me vuelvo muy mentirosa en los hospitales, como si fuera un superpoder pero al revés, y digo cosas como «verás que cuando estemos en casa te enseño lo que he aprendido hoy en yoga», o «en un par de días podrá venir mamá, que ya no tiene fiebre», o «la semana que viene Ruth te pondrá los rulos y verás qué estupenda», incluso digo cosas más tremendas como «hasta mañana».

Uno nunca sabe qué quiere decir mañana, porque, en esta historia, mañana hubo otra prueba y esa sí dio positivo y la mujer más pequeña de la planta tercera, zona E, del Hospital de Sant Pau, los ojos verdes más bonitos del hospital, se fue a otro lugar aunque nosotros ya no supimos dónde. Ahí fue cuando me compré los tirabeques que intentaría cocinar unos días después, a contrarreloj para no tirarlos, pensando aún en la trenza, el agua hirviendo, y la voz de la llamada decía que podían pasar horas, o días, aunque lo más seguro era que fueran horas, de manera que me senté en el sofá y puse un documental, el primero que apareció. Pensé: no pienses, y así, *Kusama: Infinito* inundó la pantalla. Y me perdí ahí, sin saber qué hacer entre las redes y los puntos de aquella artista japonesa. Deseé caer en una de sus redes gigantes, que me envolviera como si fuera un mantón, despertarme en Tokio cincuenta años atrás, o simplemente desaparecer, esfumarme, como el agua que se evapora, que ya no está, o que se funde en esa forma de las cosas no reconocibles: la de la invisibilidad, para no tener que esperar lo que yo nunca hubiera querido esperar, y entonces, cuando volvió a sonar el teléfono, le di al botón de pausa. En el minuto 1:13:46 de un documental llamado *Infinito* dejaste de existir.

Difícil saber dónde te has ido, recuerdo aquella frase que escribí yo misma en una novela cuando aún creía que las novelas podían tener ciertos efectos sobre la realidad. Decía: «Saldremos de esta». Bueno, pues a veces no se sale. Pero yo no quiero hacer ningún obituario, no te lo mereces ni lo hubieras querido. Yo te cantaría un bolero. Solo que día a día, durante esa semana en la que no supimos dónde estabas, unos médicos, unas enfermeras llamaron a mi madre para darle información sobre tu estado. Mañana y tarde. Mañana y tarde. Mañana y tarde. Y sé que incluso en los últimos minutos, alguien te dio la mano. Trenzó, imagino, sus dedos con los tuyos, así que, desde aquí, quiero darle a ese alguien del que solo sé que se llamaba de diferentes maneras: Eduard, Cristina, Montse, las gracias. Gracias. Que yo confío y quiero confiar y sé que ocurre en ocasiones: que hay otros que llegan donde tú no puedes, que se convierten en tus propias manos cuando a ti no te sirven las tuyas.

Principios de arqueología

Cuando queda poco para llegar, cuando empiezan a poder distinguir las formas, a pesar de la oscuridad —«mira, papá, las casas y las carreteras, y creo que eso es un hotel, ¿verdad?, ¿has visto el bosque?»—, Mina se agarra al apoyabrazos del asiento. Siempre le ocurre lo mismo: cuando el avión está a punto de aterrizar siente el temor de que la pista no exista, de que, en realidad, el avión termine aterrizando sobre el agua. Amerizar, se llama así, pero en ese momento no se acuerda, solo le viene a la cabeza el vídeo de aquel piloto legendario que le mostró su padre, el que consiguió llevar el avión al Hudson y avisó a los pasajeros: *«Good luck»*, les dijo. Mina tiene miedo de que vayan a tener un accidente, de que vayan a morir, incluso. Pero esto no se lo dice a Teo, su padre, que, junto a ella, sentado en el asiento del pasillo, con las piernas de lado de tan largas que las tiene, deja su mano encima de la de su hija.

—Mina, que ya casi estamos.

Ella aprieta los dientes y, antes de cerrar los ojos de nuevo, observa la mano pecosa y blanca de su padre, que cubre por entero la suya, de un color marrón claro, color café. Trata de distraerse, de no pensar en los socavones de la pista, por eso su cabeza se marcha lejos de donde están, de la fila 46 se va al verano, a cómo se ríen su madre y ella de la palidez de la piel de su padre, que huye siempre del sol, cobijándose en cualquier lugar —gorros, sombreros, camisetas de manga larga, cremas de pantalla total— debido a esa piel tan clara que se abrasa sin piedad. Es rubio, tan rubio que, de niño, en las fotografías que Mina ha visto, parecía albino. Mina sonríe al rememorar las quejas de su padre en el apartamento de la playa. Teatral, como es él, entornando los ojos hacia el cielo y exclamando: «Señor, no es justo que tenga a esta hija guapa y morena y que no se me haya pegado ni un poquito de color».

Su padre es ateo y cuando empieza cualquier frase con «Señor» es que lo que sigue es una broma. Mina sabe, porque tiene ya trece años, que la teatralidad de su padre encubre la preocupación por que ella se sienta mal por ser distinta. Distinta a los niños de su clase, a los niños de los apartamentos de la playa, a sus propios padres. Diferente de aquellos a los que llama su familia, porque no hay niños de color café entre sus primos.

—Papá, seguro que hay pista, ¿no? —dice cuando ya no puede evitarlo, cuando hace rato que han desplegado el tren de aterrizaje y las pistas de cemento siguen sin aparecer entre tanta agua marrón, meandros y deltas. Las copas de los árboles están ahora peligrosamente cerca.

—No, Mina, al final creo que aterrizamos en la azotea del hotel, que así...

Y entonces escucha por fin el ruido del impacto de las ruedas en la pista. Siente el frenazo brusco del avión y la presión de la mano de su padre.

—Bienvenida a Dacca, Mini.

—Papá...

La llamaba Mini de pequeña, aunque hace años que él dejó de hacerlo: se hizo mayor y a ella lo de Mini le parecía infantil, le hacía pensar en Minnie Mouse. Pero ahora Mina lo pasa por alto y le sonríe. Sabe que su padre querría decir más cosas, pero también es consciente de que su simpática teatralidad entraña cierta «tara», como lo llama su madre, que en algunas ocasiones le reprocha que sea especialista a la hora de encontrar el momento menos adecuado para las bromas.

Cuando salen al exterior a través de la escalera, sienten de repente que la humedad los golpea como si fuera un bofetón y las palmas de las manos se les llenan de agua.

Ya dentro del autobús que los lleva a la terminal, llaman a Lara, la madre de Mina.

—Mamá, ¡ya estamos aquí! —le dice, feliz, Mina—. Hace un calor horroroso.

Escuchan su voz tan nítidamente que parece que estén cerca, que su madre los espera en el hotel, como si no estuviera a ocho mil kilómetros de distancia, en un hospital de las afueras de Barcelona acompañando a la abuela, a la que han tenido que operar de urgencia porque se había roto la muñeca.

—Está bien, la abuela está bien. Cansada por el aturdimiento de la anestesia, que aún le dura, pero tranquila. Ahora está dormida pero mañana os llamará. ¿Qué hora es ahí?

—Las once de la noche.

—Anda, claro, seis horas más.

Cuando habla con Teo, Lara le dice que no se puede creer que ella no esté ahí. Que se muere de la tristeza de pensar que no va a poder estar en un momento tan importante para Mina.

—Te echamos de menos —le dice Teo.

Pero cuelgan rápido porque están llegando a la terminal y «porque es conferencia», como dice Teo, y, después de pasar por un sinfín de trámites y burocracia, de que Teo responda que no, que no han regresado a Dacca desde que la adoptaron, el policía le pregunta que por qué vuelve ahora, doce años más tarde. Mina, a su lado, siente que tiene que intervenir y dice que va a conocer a su madre. Se siente mal porque esta vez no añade, como hace siempre, «biológica». El policía no parece darle importancia a ese detalle, sella ambos pasaportes y entran, por fin, en Bangladesh. En realidad, regresan los dos, él vuelve, ella también, aunque para Mina es como si fuera la primera vez.

—No está científicamente demostrado que los niños de once meses puedan tener recuerdos —eso se lo contó su padre cuando empezó a preguntar por su país, pero ella no se desencantó y trataba de ejercitar aquel músculo invisible de la memoria, llevarlo hacia atrás, hacia lo desconocido, intentando recordar olores, sonidos. En clase, Mina había aprendido que recordar significaba volver a pasar por el corazón.

Después, en el interior del taxi, Mina hace esfuerzos para mantener los ojos bien abiertos y no perderse ningún detalle de la autopista que los lleva hacia Ghulshan, la zona donde está el hotel, como si quisiera contradecir a toda esa panda de científicos imaginarios, como si quisiera decir que se acuerda, que ella pertenece a ese lugar. Que su corazón ya ha estado ahí. Pero el cansancio la vence pronto y se duerme sobre las rodillas de su padre que sí que recuerda, a la perfección, como si fuera ayer, aquellas semanas en Dacca ya hace doce años, cuando fueron a buscarla. A Mina, que era un bebé risueño con un único diente, el incisivo. La mira, tumbada, el pelo lacio y negro que le cae por los hombros. «Mini», le susurra, pero lo hace tan bajito que nadie, ni siquiera él mismo, puede escucharse.

La encontró Mina de la manera más fácil que quepa imaginar. Conocía su nombre, la fecha y el lugar de nacimiento porque estos eran los datos que figuraban en la ficha de adopción. Con eso fue suficiente para encontrarla. Uno imagina que el proceso es como en las películas: una búsqueda imposible, archivos, pistas falsas e incluso un rastreo en el terreno. Pero ella se limitó a escribir su nombre y su apellido en un buscador. Y apareció, como si el nombre llevara todos aquellos años en un eterno letargo esperando ser hallado, como esas excavaciones arqueológicas en las que barriendo con un cepillo se descubrían inextricables grabados que parecían llevar todos esos siglos enterrados a la espera de que alguien los devolviera a la luz.

Pinchó en el nombre del buscador y este la redirigió a una red social. Había cuatro mujeres que respondían a ese mismo nombre, dos eran de la India, una de Nepal y la otra vivía en Dacca, donde sus padres le habían dicho que residía su madre biológica. Pero no estaba segura de que fuera ella.

Mina, nerviosa, no fue capaz de entrar al perfil. La cercanía de la virtualidad, eso fue lo que la aterró. Que su madre y ella convivieran juntas de nuevo entre los millones de nombres de usuarios de una red social.

Tardó días en atreverse a entrar y, cuando lo hizo, la vio. Era una foto de medio cuerpo, con los brazos en jarra. Llevaba un vestido azul floreado y por encima un pañuelo de gasa rosa fucsia que le caía desde la cabeza. La cara ovalada, los rasgos delicados, la nariz fina con un aro dorado, los pendientes, de aro también, de los que colgaba una piedra roja. La sonrisa, como de sorpresa, aunque claramente era una foto preparada. La segunda foto estaba tomada en una playa inmensa. En el centro de la imagen, un niño de unos cinco años miraba a la cámara sonriente. La arena, oscura, estaba llena de surcos y huellas. El cielo y el mar, de un color plomizo, parecían fundirse en el horizonte. «Mi hermano», se dijo Mina.

Tuvo vergüenza, la sensación de estar haciendo algo que no debía, mezclada, además, con el miedo a que la descubrieran.

Al principio, ocultó a sus padres que la había encontrado. Se sentía culpable de estar buscándola, como si aquello significara que ellos no eran suficiente para Mina. Transcurrieron unas semanas en las que se obsesionó con entrar al muro de su madre cada día, aunque en él nunca encontrara nada más que anuncios o mensajes en bengalí. Más tarde, Mina empezó a visitar, uno por uno, los perfiles de sus contactos, y se adentró también en aquellas 143 vidas que se llamaban Rashid, Jhareshwar, Damayanti, Aayuman, a través de las que trataba de imaginar a esa madre a la que no conocía.

La decepcionó constatar que no se parecía demasiado a ella. Solo en el color de la piel, aunque el de su madre era más oscuro.

Cuando le hablaban de niños adoptados que nunca lo supieron, es decir, que ignoraron que sus familias no eran, biológicamente hablando, sus familias, la reconfortaba pensar que ella al menos no tuvo ninguna duda acerca de que sus padres no eran sus padres.

Mina no hubiera querido ser distinta y, sin embargo, lo era. Se recordaba a sí misma, de niña, pidiéndole a su madre que por favor le pusiera un poco de lejía en el agua de la bañera. Su madre, ojiplática, no dio crédito: «Pero ¿cómo te voy a echar lejía en la bañera, Mini?». No respondió la verdad: que se lo había dicho un compañero de clase.

Detestaba también que la pararan por la calle y elogiaran ese pelo negro como el azabache, casi azul, que le caía por los hombros. No podía soportar esa atención extra, ese escrutinio constante al que la sometían los demás, como queriendo compensar algo, como si ella no se diera cuenta de eso que todos sabían: que aquel no era su lugar. Que se lo habían prestado.

Sus padres habían tomado la decisión de hablarle a menudo de Bangladesh, un país que ambos conocían mucho, en especial Teo, ya que había estado trabajando allí largas temporadas. Sin embargo, de su madre apenas tenían información. Solo sabían que la habían dado en adopción y los datos de la ficha.

Pero, en realidad, a Mina, lo que más le costó preguntarles no era de dónde venía, porque eso ya lo sabía, la pregunta que la había angustiado desde que tenía uso de razón era la que estaba relacionada con los motivos, con el porqué. Tan simple y complejo como eso: por qué la habían dejado en aquel centro de adopción.

Se lo había preguntado a Lara tiempo atrás, un día, a la vuelta de sus clases de refuerzo de Matemáticas, y ella le había respondido que no sabía nada, que ni siquiera en el orfanato les habían podido aclarar nada. No existían datos.

Por aquel entonces, Mina había escuchado ya la perorata de algún psicólogo que contaba que existen los hijos biológicos y después están los hijos del corazón, los hijos que se escogen. Pero ya era mayor para entender que ese tipo de explicaciones bienintencionadas y grandilocuentes encubrían simple y llanamente la impotencia frente al vacío que siente un niño al ser consciente de que no quisieron o no pudieron tenerlo. De que lo abandonaron. También se lo preguntó a su padre, y este se sentó a los pies de su cama, como solía hacer cuando el tema era serio.

—No nos dieron ninguna información más, Mini. Solo lo que ya sabes. Ojalá pudiera... Pero si algún día necesitas saber algo nosotros te ayudaremos, ¿vale? Es normal que tengas curiosidad. Bueno —rectificó Teo como buscando otra manera de decirlo—, aunque no sé si curiosidad es la palabra...

Antes de apagar la luz se lo preguntó:

—¿Tú crees que me quería?

Su padre no contestó al principio. Hizo una mueca extraña, la misma que cuando probaba alguna comida que no le gustaba.

—Yo creo que sí. Pero..., igual no podía cuidarte.

Mina supo que su padre se esforzaba para no decirle lo que pensaba. Entonces, cuando él cerró la puerta de la habitación, escondió la cabeza debajo de la almohada, recordó de nuevo aquello de los hijos del corazón y se echó a llorar: a ella no le bastaba con eso.

Mina sabía, siempre supo —y lo que es más importante, sentido— que sus padres la querían. Sin embargo, desde que descubrió que su madre, además de existir como un nombre en una ficha, tenía un perfil en la misma red social que ella, empezó a pasar largas horas del día encerrada en su habitación.

Orígenes. Esa era la palabra que utilizaba cuando trataba de describirse a sí misma lo que estaba haciendo: estudiar sus orígenes. Mientras otras niñas de su edad se emocionaban con sus cantantes pop favoritos, se iban con amigas al centro comercial, leían libros de ficción juvenil o comían pipas en los bancos del parque a la salida de clase, Mina, convertida en arqueóloga, recopilaba datos, los detalles de una civilización, de un pasado, el suyo, como si de la suma de todos ellos fuese a emerger un relato y una realidad. En su libro de Ciencias Naturales encontró un epígrafe que definía exactamente lo que hacía, se llamaba «Principios de arqueología» y empezaba: «La arqueología es la rama de la antropología que estudia el comportamiento humano en el pasado a través de la investigación e interpretación de las evidencias materiales de dicho comportamiento». «Evidencias materiales», subrayó; después, «Principios de arqueología», y así fue justamente como bautizó la carpeta que dejó en el escritorio del portátil que compartía con sus padres. Lo hizo para despistar, para que no llamara la atención entre todas esas otras carpetas llamadas «Fotos verano», «Proyectos casa», «Lista escuela», «Horarios comedor Mina». En sus principios de arqueología iba apuntando datos, circunstancias, latitudes, anécdotas. Que Sundarbans, en Cox's Bazar, era una de las playas más largas del mundo; la historia de los enormes buques que van a morir al puerto de Chittagong. Que el punto rojo de la bandera de Bangladesh simboliza el sol, un sol rojo en un mar verde, y que el verde es la tierra fértil de su país. Los nombres de los ríos más grandes: el Brahmaputra y el Ganges. Que en Bangladesh hay seis estaciones. Que sus habitantes nunca han visto la nieve. Que su madre era de una pequeña ciudad, Chilmari, perteneciente a Kurigram, un distrito empobrecido del norte.

Sus principios de arqueología eran una manera de estar cerca. Como si por saber más, por atesorar información, imágenes, rutinas imaginarias, pudiera tocar con sus manos el torrente de vida del que procedía. Como si la acumulación de datos cubriera un vacío de años y kilómetros de separación. Como si nombrar, aprender, acariciar un paisaje, una cara, a través de la pantalla de un ordenador lograra, en última instancia, insuflar vida a todo aquello que nunca la había tenido.

Durante un tiempo, cuando sus padres no estaban en casa, se dedicó a eso. Al principio, Lara no detectó nada. No había signos de que su carácter, de natural abierto, soñador, hubiera cambiado. Sin embargo, pronto, algo en el interior de Mina empezó a agrietarse, a moverse. ¿No debería ponerse en contacto con esa madre a la que no conocía? Pero ¿cómo? Porque luego, cuando se acercaba el momento de hacerlo, de escribirle, Mina escogía quedarse con la fabulación, la proyección. Tenía la posibilidad de contactarla, pero también el inconmensurable temor de no obtener ningún tipo de respuesta.

Cuando se levantan, están en Dacca. «Mini, estamos en Dacca.» «Papá, no me llames Mini.» Juntos observan el bullicio de la ciudad desde el piso diecinueve del hotel. A pesar de la altura, de los cristales que los aíslan, escuchan perfectamente las bocinas ininterrumpidas del tráfico que raspa el cemento. Rickshaws, taxistas enfurecidos, hombres que empujan carros llenos de frutas, niños que sortean los coches para lograr cruzar las calles atestadas.

Mina no puede apartar la mirada del cristal.

Después de desayunar, bajan al hall y ahí los espera el señor Arshad, un hombre enjuto de amplia y luminosa sonrisa. Lo primero que hace es felicitarles: el 14 de abril se celebra el nuevo año bengalí, el 1427. El ambiente festivo del hall, lleno de adornos que cuelgan del techo, pompones de colores enredados en un carruaje alado en la puerta de entrada, llama la atención de visitantes y niños que se agolpan frente a él para hacerse una foto.

—Esto tiene que ser una buena señal, Mina. Haber llegado el día de Año Nuevo sin saberlo —dice Teo.

Mina, ilusionada, le responde con una sonrisa que deja ver todas y cada una de las piezas de la ortodoncia y, por una vez, ni siquiera le fastidia que el labio superior se le quede montado sobre uno de los brackets. Ambos siguen al señor Arshad en dirección al coche. Hará las veces de guía, intérprete y conductor, y, poco acostumbrado a los turistas y más a los hombres de negocios que llegan a Dacca con prisa, los lleva a conocer la ciudad, el río, el Buriganga, porque es lo primero que desea ver Mina.

El señor Arshad les va contando cosas mientras en la radio suena un programa de la BBC. El ruido del tráfico los abruma, el gentío, los atascos interminables los adormecen a los dos en el asiento trasero y el señor Arshad los vigila atento por el retrovisor. Cuando llegan al Buriganga, detiene el coche sobre un puente y ahí se apean los tres para observar los cientos de barcos que transitan las aguas sucias y densas que, alfombradas de nenúfares, ofrecen, a lo lejos, la ilusión de estar recubiertas de verdes pasarelas sobre la superficie.

—¿Queréis? —y Arshad señala las barcas y el río. Y Mina responde que sí, que por favor, y se lo implora con la mirada a su padre, que detesta ir en barco porque se marea.

Pero Teo accede.

—Ay, Señor, líbrame de esta. De perdidos...

—¡Ay, papá! —se queja Mina.

Se acercan hasta la orilla y se suben a una pequeña embarcación de madera.

Bangladesh es un país de ríos. El agua determina la vida de los que habitan sus meandros, sus deltas, los terrenos que ceden a la fuerza de esto que dicen que es el principio de la vida. A raíz de su independencia, una de las primeras decisiones que hubo que tomar fue la de construir puentes. Puentes y más puentes, esa era la consigna. Pero el país se quedó un poco huérfano de puentes e inundado de agua. Lo cuenta el señor Arshad mientras el barquero avanza río abajo, clavando el remo con brío entre los nenúfares que se abren a su paso, y lentamente dejan el bullicio atrás, el sol enrojecido por la contaminación, y se acercan a esa otra parte más tranquila del río, en cuya orilla se desguazan enormes barcos varados en la arena.

Fue su madre la que le preguntó qué le ocurría. La notaba ausente, retraída, y ella, poco dada al secretismo, se lo contó a bocajarro, pero lo hizo cuando estaban comiendo los tres, para no tener que explicar la misma historia dos veces, como siempre le ocurría cuando contaba las cosas por separado. Trajo el ordenador y les enseñó la foto de la madre, el pañuelo fucsia, los pequeños aros dorados y la piedra roja. La imagen del niño en aquella playa inmensa, aunque se cuidó de no decir «mi hermano». Ellos enmudecieron. Los espaguetis a la carbonara se les quedaron fríos en el plato, la capa de nata líquida oscurecida sobre las tiras de beicon. Abrió la carpeta «Principios de arqueología» y les mostró, triunfante, toda aquella recopilación de información.

—¿Cómo la encontraste?

—Solo puse su nombre, el que vosotros me dijisteis.

—Pero puede haber muchas mujeres que se llamen así y vivan en Dacca.

—Sí, pero también pone que nació en Kurigram. Son los dos únicos datos que hay.

141

Estudiaron el perfil. Mina les fue contando acerca de sus 143 contactos, lo que había visto, descubierto, como si aquello, ir en pos de la identidad de su propia madre, fuera parecido a prepararse un examen para el colegio.

—¿Qué te gustaría hacer, Mina? —dijo Teo.

—Nada.

—Mina...

—Es que no sé.

—¿Quieres..., quieres que le escribamos?

—¿Y si no responde?

—Mina, ¿quieres conocerla?

Entonces simplemente respondió que sí.

Teo y Lara habían estado todos esos años lidiando con aquella inquietud. Tratando de adelantarse a ese momento que llegó de la manera más inocente y casual que cupiera imaginar. No habían pensado en las omnipresentes redes sociales, simplemente habían supuesto que un día, cuando Mina ya fuera mayor, les pediría ir a conocer a su madre.

Como padres, cuando adoptaron, lo que más les atemorizaba era la existencia de ese vacío en cuanto a los orígenes, esa parte que no podían llenar en la imaginación de su hija.

Fue Teo quien le escribió a la madre de Mina, y ella tardó escasos minutos en contestar. «Vivo en las afueras de Dacca. Estaré encantada de conoceros, sobre todo a Mina.»

A partir de ese momento, lo hicieron todo con prisas. Decidir unas fechas, buscar los billetes, el hotel. La citaron en aquel restaurante tan conocido de

Old Dacca, el Al Razzak, donde preparaban el mejor biryani de cordero de la ciudad, ese lugar al que, años atrás, fueron a celebrar la noticia de que podían adoptar a Mina. Quedaron allí a las siete de la tarde del lunes 15 de abril. Pero Teo no dejaba de pensar que tras su propia urgencia de llevar a Mina hasta donde hiciera falta se escondía un deseo de compensación por aquella pequeña carencia que tenían como padres, la de no ser biológicamente quienes habrían querido ser.

Desde que Mina llegó a sus vidas, se había sentido desbordado por la alegría pero a la vez aterrorizado, temía una especie de factura imprevista, como si hubiera pedido un préstamo en el que la felicidad, frágil, quebradiza, adelantada durante unos años podía, en el momento menos pensado, llegar a su fin.

Después de visitar la calle donde Teo vivió en Dacca, llegan con diez minutos de antelación a la cita. Nerviosos. No han pasado ni siquiera por el hotel a cambiarse y Teo se queja de que está sudado, pero Mina le responde que está perfecto. Aparecen en Al Razzak y se sientan en una mesa cerca de la puerta. Mina quiere verla llegar y, aunque sepa que aún faltan unos minutos, observa la calle, degustando ese momento de nerviosismo y expectación, como cuando es la víspera de Navidad o de su cumpleaños. Grupos de familias y amigos entran en el local continuamente para seguir con los festejos del Año Nuevo y el señor Arshad pide lassi de mango para los tres.

—¿Cómo crees que será, papá?

—Pues hija, no lo sé. Pequeña, me la imagino. Pero ahora solo tengo en mente la foto que vimos.

—Ya, yo también.

El señor Arshad es consciente de lo que está ocurriendo, de que ese es un momento importante, y decide distraerlos contándoles detalles sobre la preparación de un buen biryani, que no es tan fácil de encontrar.

—El secreto está en los detalles.

—Como todo en la vida, ¿no? —dice Teo.

—Mi madre solía decir que uno de los secretos era cocinar el arroz con cardamomo.

Pero Teo no puede concentrarse en los detalles.

A través del cristal, del frenesí de los ventiladores del techo, Teo la busca entre la gente que se agolpa en la puerta. Va descartando. Esta no, tampoco la otra. Vendrá sola, imagina, aunque lo cierto es que no sabe nada.

Revisa el teléfono, se asegura de que la tarjeta de datos funcione correctamente. Esta mañana le ha vuelto a escribir. Estaremos a las siete en Al Razzak. «Ok, nos vemos luego», ha respondido ella.

Son las siete en punto y Teo observa a su hija. Sus gestos, que son iguales a los de su madre. Su madre, esa palabra. Su madre, que está en Barcelona, aún en el hospital, cuidando a su propia madre. Lleva todo el día maldiciendo que Lara no esté con ellos. No se hubiera visto capaz de venir solo a Dacca, nunca lo habían planeado así.

Teo recuerda la primera vez que vieron a Mina. Llevaba diez meses viviendo entre Dacca y Madrás. Saltaba entre las dos ciudades tratando de poner en marcha un proyecto que fracasaría tres años después, pero, por aquel entonces, parecía que arrancaba. Vivía en un pequeño apartamento en la zona de Banani y echaba terriblemente de menos a Lara, que pasaba algunas temporadas con él. Fue un sábado en que salieron a pasear por Mirpur y ahí, en lo que confundieron con un colegio, la vieron a través de unas rejas. No era más que un bebé al que una niña de unos cinco años llevaba en brazos, como si fuera una muñeca. La niña los miraba con sus ojos bien abiertos desde el otro lado de la reja. Entraron. Fue por curiosidad, luego se contarían que había sido amor a primera vista por Mina, pero, en realidad, se habían fijado en la niña que la llevaba en brazos.

Las monjas católicas que se ocupaban de aquel orfanato les contaron la historia de algunos de los niños.

—¿Y ella? —señalaron a la pequeña del vestido azul.

—Ella está en espera. Hay una familia que la visita a menudo.

—¿Son hermanas? —preguntaron refiriéndose a Mina.

—No. Pero desde que dejaron a la bebé, no ha dejado de cuidarla.

Entonces se fijaron en la bebé, en el lazo enorme que llevaba sobre la cabeza. Los mocos resecos alrededor de la boca y la nariz. La galleta de chocolate que se le había derretido casi por completo aprisionada entre sus deditos.

Cuando regresaron al apartamento, hablaron de lo que habían visto en el orfanato. Salieron los dos al pequeño balcón, ella fumaba un cigarrillo y él miraba la increíble maraña de cables que salía de un poste telefónico.

—Siempre me parece un milagro que todos esos cables se sostengan. Que cuando instalan una línea nueva no se confundan con las antiguas.

—Ya.

—En realidad, aunque desde aquí no lo veamos, todo tiene un orden, ¿no? Detrás de cada uno de esos cables existe una lógica. Alguien ha pensado en ello. Luego, en la vida, a menudo tengo esa misma sensación.

Ella rio.

—Ya me entiendes. Algunas cosas aparecen así, de repente, en medio de la nada, pero no son casuales: siguen una lógica. Y hay que ser rápido, cazarlas al vuelo...

Lara lo miró con ternura. Solía interrumpirlo cuando se enredaba, cuando se perdía en circunloquios que desembocaban en calles sin salida, pero lo dejó seguir aquella vez. Después de un largo silencio, volvió la mirada hacia ella.

—¿Y si...? —empezó.

Inquisidora, ella esbozó una sonrisa.

—¿Y si la vamos a buscar? —siguió él.

Así fue como Teo recuerda haber empezado a pensar en aquello que les cambió la vida, mirando embelesado unos enmarañados cables de telefonía desde su apartamento de alquiler.

A través de los cristales del Al Razzak, ve también un poste lleno de cables eléctricos y de fibra óptica. Parecen nidos de golondrinas, solo que sobresalen aparatos negros que cuelgan, como si fueran adornos.

Son las siete y media cuando el señor Arshad decide, entre el silencio y la incomodidad, pedir biryani para todos.

—Mina, seguro que está en un atasco de tráfico. Ya has visto cómo es esto, y además es Año Nuevo, imagínate la locura que puede ser circular.

—¿Le puedes escribir para decirle que ya estamos aquí?

—Ya lo he hecho.

—¿Lo ha leído?

Y Teo le muestra el mensaje, con el acuse de recibo.

—Lo ha leído pero no ha respondido. Voy a salir a fumar —dice.

—Papá, si tú ya no fumas.

Sin embargo, Teo se levanta y, veloz, atraviesa las puertas de cristal. Se adentra en un pequeño supermercado y ahí, frente a los yogures y los envases de leche, llama a Lara.

—No ha venido aún —dice. Se hace un silencio al otro lado de la línea—. ¿Y qué hacemos ahora, eh?

—¿Crees que no va a ir? Pero si has ido hablando con ella... ¿Y Mina?

—No lo sé, pues ahora mismo escuchando cualquier rollo que le esté contando el guía..., pero ¿qué hago?, ¿cómo llego hasta aquí para volverme a casa sin ver a esta mujer... que no aparece?, ¿nos habrá mentido? Te juro que...

Siente, entonces, la presencia de alguien a su lado que le tira de la manga de la camisa, desearía que fuera el tendero que le pregunta si puede ayudarle en algo, pero es su hija, Mina, y él cuelga de golpe, dejando a Lara hablando sola.

—Hija, es que...

—Papá, pensaba que estabas fumando. No quiero que fumes más. Me lo prometiste. El biryani ya está ahí.

Efectivamente, cuando entran de nuevo en el restaurante, el señor Arshad les sonríe.

—Biryani para todos —vuelve a decir—. Hay dos de cordero y uno de pollo.

El señor Arshad empieza a comer pero ellos no tocan el plato.

—Si en media hora no llega, nos vamos —dice Mina.

Y Teo asiente, y la media hora que les queda por delante se le hace eterna. Le ha escrito a Lara. «Mina me ha pillado hablando contigo.» Siente vergüenza y culpa porque su hija está llevando el peso del encuentro fallido mucho mejor que él.

Los biryanis se enfrían y nadie habla hasta que Mina, que ha fingido estar hojeando la guía de viaje, rompe el silencio.

—Papá, no va a venir. Hace una hora y cuarto que estamos aquí.

—Vamos a esperar un poco más, Mina, yo creo que está a punto de llegar. El maldito tráfico de la ciudad, ¿verdad, señor Arshad?

Mina trata de probar su biryani, completamente frío, pero no puede comer.

El día que se la llevaron, en el orfanato había dos parejas más. Tenían, por fin, a sus niños y se los llevaban a casa. La única que lloraba, casi desesperadamente, gritando, pataleando, era Mina. Los dos niños, de una edad similar a Mina, estaban adormecidos, no decían nada, en realidad, era como si no estuvieran ahí. Uno de los hombres le dijo a Teo, sonriendo, «Parece que os lleváis a la llorona, ¿eh?». La monja les contó que Mina se había encariñado mucho con algunas de ellas. Cuando salieron del orfanato, Teo exclamó triunfante: «Nos hemos llevado a la única que aún puede llorar. Hay vida ahí, Lara». Y entre berridos y lloros llegaron a casa. La niña estaba viva.

El señor Arshad les pregunta si puede pedir que le pongan para llevar el plato de biryani que ellos dos dejan sin tocar.

—Me duele un poco aquí, papá —dice Mina y señala la boca del estómago.

Teo se levanta de repente porque cree que la ve, incluso agita la mano, y Mina lo imita, nerviosa, de repente.

—Me ha parecido que era ella, de verdad...

La mujer a la que ha saludado entra en el restaurante con sus hijos y su marido y lo mira sin entender de qué creía conocerla, pero pasan al lado de la mesa ignorándolos.

—Papá, me duele... aquí. Es como si tuviera un agujero.

—Nos vamos, Mini. Voy a pagar.

De vuelta al coche ninguno dice nada. Se pasan casi tres cuartos de hora en un atasco y, cuando por fin encuentran un atajo y cogen un poco de velocidad, el señor Arshad baja los cristales y el aire de la noche llena el interior del vehículo y disipa el olor que desprende la bolsa con el biryani para llevar.

El señor Arshad no les da más detalles de la ciudad, ni les cuenta ya más historias sobre los puentes que no se llegaron a construir. Sabe que es mejor estar en silencio y, cuando los deja en el hotel, puede sentir la decepción de ambos como si fuera una presencia que ha crecido hasta ocupar todo el interior del coche. Se despide de ellos y les dice, cuando ya se han dado la vuelta y han empezado a andar hacia la recepción, que lo siente.

Ya en el lobby, a Mina y a Teo les informan de que pronto empezarán los fuegos artificiales y que los pueden ver desde el bar que hay en la terraza del último piso.

—Quizás no quería que la encontráramos —dice Teo en el ascensor, mientras suben.

El bar del último piso está vacío. Solo hay un camarero que les ofrece bebidas porque la cocina ya ha cerrado. Van hacia una mesa pegada a los cristales, pero antes de sentarse permanecen de pie, juntos, observando las calles. Aún quedan restos de las celebraciones, familias engalanadas que se marchan a casa. El nuevo año que llega para todos.

Teo necesita hablar acerca de lo que ha ocurrido pero no sabe qué decir. Se siente mal por no haberlo evitado, por haber expuesto a su hija, que solo tiene trece años, a tamaña decepción. La psicóloga del colegio les dijo que era demasiado pronto, que era demasiado vulnerable. Pero decidieron traerla y ahora teme por Mina, teme que la situación la traumatice. Sin embargo, inexplicablemente, la ve tranquila, serena.

—Gracias por traerme hasta aquí, papá.

Él maldice que no esté su mujer, ella sabría qué decir, cómo actuar.

—Lo siento, Mina. Yo esperaba lo mejor.

—Solo quería saberlo, papá.

—¿El qué?

—Si me quería cuando nací.

—Pero Mina...

—Ahora ya lo sé.

Mina parece mayor. Tiene el pelo recogido en un moño y se pasa por detrás de la oreja el mechón que le queda fuera, el flequillo que le está creciendo.

—¿El qué sabes?, ¿qué quieres decir?

—Que a veces me preguntaba si ella pensaría en mí. Si quizás se arrepentía de haberme dejado ahí..., de haberme abandonado.

—Mina, nadie te abandonó —Teo la corta con más vehemencia de la que le gustaría—. Te dejaron en un sitio para que te cuidaran. Abandonados son los que dejan en un contenedor o en...

—Papá. Ya está. Solo quería saberlo, si se arrepentía. O si quería conocerme. Y ya veo que bueno... que no.

—Mina, no sé si podemos decir este tipo de cosas tan a la ligera.

Y querría poder decirle cualquier excusa, como que quizás se ha perdido, pero sabe que Dacca es su ciudad. Que se encontraba mal, pero en ese caso podría haber avisado. Teo se queda pronto sin recursos.

—Papá. No te preocupes —continúa—. Ahora ya lo sé.

A través de las ventanas ven, a lo lejos, fuegos artificiales, y a Teo se le hace un nudo en la garganta. Casi preferiría que estuviera triste, alterada, enfadada, pero esa serenidad lo desarma.

—¿No crees que siempre es mejor saber, papá?

151

Sabe que tendría que decirle que sí, que claro. Cómo no va a ser mejor saber siempre la verdad. Pero, por una vez, le dice lo que piensa.

—Pues la verdad es que creo que a veces es mejor quedarse con la duda.

Cae la noche, y los habitantes de este enorme hormiguero se retiran lentamente a sus madrigueras, un sopor envuelve esta ciudad de cemento y agua. A lo lejos, palmeras de fuegos artificiales iluminan la oscuridad y siguen dando la bienvenida al Año Nuevo. Teo le pasa el brazo por los hombros y la estrecha fuerte contra sí. Preferiría verla alterada pero, a la vez teme, más que a nada en el mundo, que Mina se ponga a llorar y que él no sepa reaccionar. Lo aterra la impotencia de no encontrar las palabras.

Sin embargo, se sorprende al notar, inesperadamente, la quemazón en los ojos. Siente, como si no fuera a él a quien le estuviera ocurriendo, que le resbala una lágrima por la mejilla. Siente, de repente, que es él quien llora.

Carrusel

El que escribe es el que se salva y ocurre igual con los narradores de las novelas. Eso ya es una pista: si lo cuentas, es porque estás vivo. Por eso, yo escribo desde ese día de mayo aún, 31, mientras en mi otra vida ya es junio, y lo hago desde este paraíso quemado —Paradise—; y no puedo evitar pensar en lo que decía Paul Celan, aquello de que existen palabras —incluso lenguajes enteros, horadados y malditos— en las que anida la semilla de su destrucción.

Escribo desde ese día de mayo aún, 31, desde el interior de una cafetería de toldos verdes. Detrás de los cristales, zigzaguea hasta la salida del pueblo la Skyway —camino al cielo— y, al otro lado de la carretera, un cartel anuncia un restaurante llamado Cozy Dinner. Qué manía esta nuestra de anticipar, de decir cómo será lo que te encontrarás. En este caso, lo único que se mantiene en pie es el cartel. El local, el Cozy Dinner, se quemó. Pegado al ahora inexistente restaurante, otro cartel en rojo en lo alto de un poste metálico: señala el Bob's Tyres, y franquea la entrada a un taller familiar en el que se afana un tipo vestido con un mono azul. Repara neumáticos y no se llama Bob, como cabría esperar, sino John. Me ha dicho su nombre cuando he detenido el coche frente al chiringuito con la esperanza de que pudiera arreglarme la rueda perforada por un pedrusco.

—Tiene mala solución.

—Tampoco iba tan rápido —he soltado a modo de respuesta.

Luego ha proferido un par de gruñidos, como si le hablara directamente a la rueda, y se ha ido a buscar unos papeles.

—Tú debes de ser Bob, entonces, ¿no? —le he preguntado mientras señalaba el cartel.

Ha negado con la cabeza.

—Soy John. Bob era mi hermano. Murió en el incendio —y ha seguido sin que pudiera decirle ni siquiera que lo sentía—. Me llevará más de una hora. Puedes esperar ahí —ha añadido mirando el café de los toldos verdes—. Lo han abierto hace poco. Antes era una guardería.

Escribo, entonces, desde este café que antes fue una guardería. He estado dando vueltas con el coche por este pueblo arrasado por el fuego seis meses atrás y he ido fijándome en lo que se había salvado de la quema, y era poco. Cubertería, platos, tazas. Estatuas de jardín, enanos, ángeles, guerreros, budas, animales que custodiaban los porches, figuras protectoras abandonadas ahora a la maleza. Antenas parabólicas abombadas por el calor. Fuentes. Chimeneas. Bicicletas. Coches de color cobre, derretidos. Balancines. Un letrero medio deshecho que anunciaba que ahí se hacían los mejores tatuajes. Las escalerillas metálicas de piscinas que debieron de conocer la alegría, piscinas de agua marrón, cubiertas de verdín, surcadas por intrépidos renacuajos.

La vida después de la vida, flores que nacen de las grietas del cemento ajado.

Ni siquiera me he molestado en sacar la cámara de la funda. Estaba ahí, dentro de la mochila en el asiento de atrás, como si fuera ese hijo que no tengo. No se me ha perdido nada aquí, me he dicho, por eso, he decidido dar media vuelta hacia Sacramento.

Entonces lo he visto y me he detenido en seco. El carrusel. Lo único que ha sobrevivido al fuego en un pueblo donde se destruyeron doce mil viviendas y murieron ochenta personas atrapadas en sus coches cuando intentaban marcharse es un carrusel. La estructura estaba casi intacta. La plataforma rotatoria, sus asientos de plástico con forma de cabeza de caballo, de burro, conejos sonrientes. Si acaso los rasgos de algunos animales un poco desdibujados por la ceniza, el calor y el miedo. Pero ahí estaba, un carrusel. Lo he observado fijamente, como si pudiera hablarme, como si él mismo constituyera un mensaje oculto. Entonces he pisado el acelerador, quizás un poco más fuerte de lo debido, con la mirada fija en él, sin percatarme del enorme pedrusco que había en medio de la calzada. He escuchado un ruido fuerte y después la rueda se ha deshinchado a la velocidad de la luz.

En la barra, no he podido pagar el café porque el datáfono no funciona y el camarero, un mulato sonriente, me dice que no me preocupe, que invita la casa, y se lo agradezco mucho.

—¿Estás trabajando por aquí? —pregunta mirando el ordenador y las libretas que he dejado sobre la mesa.

—Sí. Más o menos. Soy fotógrafa. Estaba recorriendo el pueblo, no he visto una piedra, bueno, un pedrusco, y... me lo he comido. Se me ha pinchado la rueda. Me la están arreglando.

—¿Has encontrado algo? —me pregunta—. Cuando todo ocurrió no paraban de venir fotógrafos y periodistas de todas partes.

—No sé. Es difícil dar con el tono.

—¿El tono?

—La manera. ¿Puedo hacerte una pregunta? —digo. Asiente—. ¿Cómo...? ¿Cómo fue? —digo tímidamente.

—¿El incendio? ¿Que cómo empezó?

—No, eso ya lo sé..., lo del poste eléctrico. Me refiero a... —y no me salen las palabras—, a lo que ocurrió.

—Bueno... —parece que no va a decir nada, pero de repente coge aire, como si ya lo hubiera contado muchas veces—. El pueblo se convirtió en una ratonera. Eran las seis de la mañana, ¿sabes? La gente estaba durmiendo y cuando llegaron a sus coches ya era demasiado tarde.

—Ya...

—Había ceniza. Y era imposible ver nada. Imagina que estás en una habitación y empieza a entrar mucho humo. Entonces te dices: voy a abrir la puerta. Pero no la ves. Estás atrapado.

—Me imagino, bueno, no, la verdad es que no puedo hacerlo.

—No pude llevarme nada de valor. Se me ocurrió, en el último instante, abrir la nevera y coger las vieiras que había comprado para cenar aquella noche. Me habían costado treinta dólares. Eso fue lo que me llevé. ¿Puedes creerlo?

Agarro el café con las dos manos, aunque quema, y miro instintivamente las puertas de cristal de la cafetería. A lo lejos, veo a John trajinando con la llanta.

Escucho cómo una mujer pide un té helado con melocotón y mi interlocutor se dirige hacia ella y da la conversación por terminada. Le doy las gracias y voy hacia la mesa donde he dejado mis cosas. Desde ahí puedo ver a John, puedo controlar que mi medio para abandonar el pueblo sigue en pie.

Me hicieron este encargo a mí, que únicamente hago retratos, que mi trabajo gira sobre todo alrededor de personas. Me pidieron que viniera aquí con la distancia de estos seis meses, a fotografiar una ciudad muerta. No entendí por qué me lo pedían a mí, que lo que más amo de mi trabajo es hablar con la gente a la que retrato, pero lo hizo una mujer que me había dado trabajo años atrás, cuando no tenía nada, en el que quizás fuera uno de los peores momentos de mi vida.

Decido escribirle un e-mail desde el café para decirle que no tengo fotos, que no voy a poder hacerlas. Que no es lo mío, que gracias por confiar en mí de todos modos. Me voy por las ramas, me lío dando rodeos y explicaciones, justificándome cuando no haría falta, y en esas estoy cuando me interrumpe el camarero, que me trae unas galletas.

—¿Las quieres? Como queda una hora para cerrar, se las regalamos a nuestros clientes.

—¡Claro! —digo con demasiado entusiasmo—. Por cierto, siento si antes te ha incomodado la pregunta.

—No, nada. No te preocupes. Lo único... que debe de ser difícil hacer fotos aquí, ¿no? —me dice—. Creo que Paradise podría ganar un premio al lugar más triste del mundo —añade.

Asiento, como si le diera la razón, sin tener el valor de decirle que no es cierto, que en mi otra vida, alejada unos miles de kilómetros y husos horarios de Paradise, conocí la ciudad más triste del mundo y no es esta. Que no estaba quemada, sino que, al revés, refulgía de vida, de verde, de mar, de callejuelas adoquinadas llenas de barecitos encantadores, de un festival de cine que la abarrotaba en agosto y la hacía parecer la ciudad más vibrante sobre la faz de la tierra. Que había un mercado donde yo iba a comprar tomates a las caseras, y fritos de jamón y queso. Que al lado de casa había una floristería y que un día fuimos a comprar una planta y, de tanto que llovía, en el trayecto hasta nuestro apartamento, la pobre se inundó: dos dedos de agua en la maceta. Que hicimos un curso de surf y que logré ponerme de pie el primer día, aunque después de haberme ahogado entre algas y arena, feliz de sentir la ligereza, el agua, la fuerza de la marea. Que había una isla frente a la bahía y que decían que ahí habían vivido piratas. Que había un bar llamado Pokhara donde acompañaban cada ronda de cerveza con cacahuetes, pero que yo entonces no sabía que Pokhara era el nombre de una ciudad de Nepal. Que había un carrusel frente a la bahía y que me sentaba ahí casi a diario a contemplar a los niños y a los padres que los saludaban desde la estabilidad de tierra firme. Que a veces la ciudad olía a jazmín y que, desde el balcón del primer piso en el que vivíamos, veíamos la panadería en la que todos los sábados comprábamos unos pastelitos con azúcar por encima. Que la única vez que cocinamos juntos tratamos de hacer una tarta de queso y, aunque le pusimos todos los ingredientes, la masa del pastel no subió y recordé entonces que a veces no bastaba con tener todos los ingredientes. Que cuando un día me marché, cogí el tren de las seis y treinta y cinco de la mañana, y él apareció entre la bruma en medio del andén de la estación, con un paraguas, sin entender que me hubiera ido sin decirle nada. Que nunca volví porque a veces no hay que volver a los lugares donde querríamos volver.

No le digo nada de esto al camarero, de manera que me deja las galletas sobre la mesa y se va. Tampoco termino el correo en el que me voy por las ramas para simplemente decir que gracias por confiar en mí pero que no he sabido encontrar las imágenes.

Nunca volví a la ciudad ni a mi otra vida porque a veces no hay que volver a los lugares donde querríamos volver.

En una escena muy popular de un episodio de la serie *Mad Men,* Don Draper presenta una campaña para un nuevo proyector de diapositivas llamado The Wheel, «La Rueda», para unos ejecutivos de Kodak. Durante el lanzamiento, proyecta una serie de imágenes de su álbum familiar: en una abraza a su mujer el día de su boda, en otra aparece bailando con ella en una fiesta, vemos también el nacimiento de su hijo.

«Este dispositivo no es una nave espacial, es una máquina del tiempo», explica. «Retrocede, avanza, y nos lleva a un lugar donde tenemos ganas de volver. No se llama La Rueda, es el Carrusel.» Al final, revela el nuevo nombre del producto junto a un carrusel de feria de colores. Efectivamente: Carrusel. Los ejecutivos de Kodak permanecen en silencio, asombrados por su elocuencia, pero, sobre todo, emocionados porque haya compartido todos esos recuerdos. El valor de la nostalgia es un gran activo para los que saben evocarla.

El carrusel nos lleva a un lugar donde tenemos ganas de volver.

Nos lleva a un lugar donde tenemos ganas de volver.

Nos lleva a un lugar donde tenemos ganas de volver.

Nos lleva a un lugar donde tenemos ganas de volver.

Lo escribo, de improviso, en mi libreta de notas. Las migas de las galletas diseminadas por la mesa. Estoy, de repente, en un sofá de una ciudad a la que no he vuelto y Don Draper no sabe lo que dice. Habla de algo tan misterioso como el pasado. Del engaño de pensar que podemos volver a un lugar donde tenemos ganas de volver.

Antes de marcharme de la ciudad más triste del mundo me ocurrió algo. Un día, cuando ya había tomado la decisión de marcharme, salí a correr por la bahía y, al volver, me detuve, como solía hacer, frente al carrusel. Veía a los niños, los niños que nosotros no habíamos podido tener, a pesar de todo aquel tiempo intentándolo. Veía, en la alegría de esos niños, la tristeza de los dos. Ahí, sentada en los bancos de piedra, alargando el momento de volver a casa, me quedaba embelesada frente al espectáculo de luces y gritos de júbilo. Entonces, se sentó una mujer ciega a mi lado. Después de estar un rato en silencio, se puso a hablar. Me contó que años atrás había tenido un dogo alemán llamado Terry, y que había sido el mejor perro del mundo. Me lo repitió varias veces. Estuvo cinco minutos hablando de Terry, de que cuando se portaba bien le daba una loncha de jamón, de que a ella le gustaban más los perros que los seres humanos. Pero yo no entendía qué quería transmitirme, si es que quería transmitirme algo, y qué podía añadir yo a aquel torrente de palabras.

De manera que la dejé hablar sobre Terry y, al cabo de un rato, se detuvo y me preguntó si vivía sola, a lo que le respondí que no.

—Lo parece.

Entonces clavó el bastón en el suelo y se levantó del banco. De pie, se quedó mirándome con sus ojos sin vida. Hizo un gesto para señalar el carrusel.

—Es perverso —dijo—. Ten cuidado.

Se marchó con lentitud, arrastrando los pies, y podría haberla seguido, preguntarle a qué se refería, pero pensé que no era más que una loca que no sabía ni siquiera de qué hablaba. Se habría equivocado, me dije. No me sentí aludida por ninguna de sus dos afirmaciones. Perverso: el adjetivo se me antojó completamente fuera de lugar.

Sin embargo, cuando me marché, recordé a menudo a aquella mujer ciega y, desde entonces, los carruseles, en su magnífica obsolescencia, me transmiten un sentimiento de desasosiego. Me recuerdan a un abismo, al mío quizás, esa música circular constante, sin salida, frente a la bahía más bonita del mundo en los que fueron los años más tristes de mi vida.

El camarero mulato empieza a fregar los suelos con un producto que huele a desinfectante. Aliviada, veo cómo John cruza la calle y entra en la cafetería. Se acerca hasta mí.

161

—Ya está —me dice—. Has tenido suerte. Al final he podido arreglarlo.

Me levanto rápidamente, con ganas de salir de la cafetería, del pueblo. Con ganas de marcharme, digo un adiós general y sigo a John hasta el taller. También de él me despido, agradeciéndole el esfuerzo, y añado, ya al final, que siento lo de Bob. Me mira entristecido y sonríe resignado, enarcando las cejas.

—¿Has venido a hacer algo para algún periódico?

—Soy fotógrafa —le respondo.

—Ah. Buena suerte en ese caso.

Cuando me subo al coche, dudo un momento, pero al final vuelvo atrás. Enfilo la calle y me detengo de nuevo frente al carrusel. Aparco. Saco la cámara y miro el pedrusco enorme, aún en medio de la calzada, y el carrusel. Pienso la foto, la compongo. Esa es la foto. Aquí está.

Disparo.

«Es perverso», me digo.

Antes de ponerme en marcha, aparto la piedra, la pongo en la acera maltrecha. Arranco y, entonces, los dejo atrás. La piedra, el carrusel, mi paraíso quemado, arrasado por el tiempo.

Son preciosas

Llegué de las vacaciones cansada de las vacaciones y de los selfies que se hacían los italianos, ellas y ellos, posando en diminutos trajes de baño con estampados de leopardo en las aguas cristalinas de la costa norte de Brasil. La descripción que me habían hecho mis nuevas amigas del idílico sitio al que fuimos, «un pueblo remoto, sin electricidad siquiera, ni rastro de asfalto, solo arena», únicamente era cierta en lo último: arena, solo arena. Habíamos estado diez días en un resort llamado Club Ventos, especializado en deportes de viento, como su propio nombre indica, cuando se daba la casualidad de que ninguna de nosotras se había subido nunca a una tabla de surf y tampoco había expresado deseo alguno de hacerlo.

Regresé a Barcelona cansada de las vacaciones pero especialmente extenuada de esa idealización enloquecida de aguas cristalinas entre palmeras y cocoteros, caipiriñas de frutas exóticas y el ritmo cíclico y soporífero que adquirió una semana desprovista de sentido, de los miércoles de concierto viendo el atardecer, el mismo cada día, con las cometas de kite surf poniéndole comillas al sol, horrorizada de los jueves de concierto de reggae, de los argentinos maduritos aproximándose en manada, «che, qué linda sos, española, ¿verdad?», de los guisados con camarones fritos que no saben a nada, del sexo cuando se consume con igual prisa que las caipiriñas, antes de que el hielo y el encanto de las burbujas se deshagan y revelen la fruta pocha, las pepitas esparcidas y machacadas en el fondo del vaso.

Fue mi hermana pequeña, Bárbara, desde la comodidad de sus vacaciones familiares perfectamente planificadas, la que insistió en aquel disparatado plan. Además, «ahora que estás sola», había empezado. De manera que terminé apuntándome al viaje del grupo de *singles* del gimnasio. Lo hice porque cumplir cincuenta y dos años me ha enseñado muchas cosas de la vida aunque todavía siga sin saber decir «no, gracias» educadamente.

Ya de regreso a Barcelona, cuando Bárbara me recogió en el aeropuerto, se me echó al cuello y pude sentir en aquel abrazo cálido cierta culpabilidad que constaté cuando me dijo que sentía haber insistido tanto, que viendo las fotos que le había ido enviando temía que me hubiera aburrido.

«Pero si ha sido divertidísimo», le respondí para tranquilizarla. Porque, como venía diciendo, en cincuenta y dos años he aprendido muchas cosas, pero sigo siendo lo que, en esa jerga que detesto, la de los terapeutas, se llama una «evitadora de conflictos», y, en lo que duró el trayecto hacia casa, Bárbara me preguntó lo esperado, si había conocido a algún hombre que valiera la pena.

«No es tan fácil eso de conocer a hombres que valgan la pena...», y entonces se hizo un silencio, que ella aprovechó para sentenciar: «Sobre todo con esa actitud...».

Porque siempre es mi actitud. A mi hermana, la madre de mis tres adorables sobrinos, le asusta que esté sola. Sin hijos, pase, pero ¿sin marido?

«Bárbara, no siempre es cuestión de actitud», le respondí, y también quise decirle que no necesito a un hombre para estar bien, que además no es muy feminista —ahora que ella habla de feminismo a todas horas— esto de presuponer que lo que a una le hace falta en la vida es un hombre, pero sé que esa idea que tiene de mí se la he transmitido yo misma concienzudamente a lo largo del tiempo. Un matrimonio de veintinueve años a mis espaldas, al que le sobraron los últimos diez, confirma que tampoco yo he tenido tan claro este tema de si una mujer necesita a un hombre o no.

Cuando Bárbara me dejó en casa, respiré por fin. Al entrar, me fijé en la pecera y en lo bien que mi ahijado había cuidado de sus habitantes, a cambio, claro, de una generosa propina. Les había cambiado el agua y me había dejado una notita en un post-it llena de caritas sonrientes.

Abrí las ventanas del salón, dejé que entrara la corriente y recorrí el pasillo hacia el fondo, hacia mi habitación. Todo seguía igual. Cuando regreso después de haber pasado un tiempo fuera tengo esa necesidad de comprobar que los objetos siguen intactos, que no se han movido ni un centímetro del lugar que ocupan. El baúl, las fotografías de mis sobrinos en una playa de Mallorca, el montoncito de libros debajo de la mesita de noche, esa marca rectangular en la pared que delata que antes había ahí un cuadro, esa marca que sigue, años después, sin pintarse. Las casas, con todos los objetos que las habitan, tienen, al menos, esa virtud: la de saber esperar.

Abrí también las contraventanas que dan a la pequeña terraza a la que se accede desde la habitación, miré hacia el cielo y revisé después los terrados de Barcelona. Las mesas de teca, las pérgolas, las hamacas con colchonetas descoloridas por el sol. Me sentía tan feliz de estar de vuelta, de que aquella pesadilla de vacaciones hubiera terminado, que quise gritar. Ya podían esperarme sentados en Brasil, me dije para mis adentros íntimamente convencida de que aquella era la última vez que hacía algo para contentar a los demás.

Como para terminar el reconocimiento, bajé la vista hacia los pies de mi edificio y, asombrada, me encontré con un increíble jardín florido que no existía dos semanas atrás. En él, distinguí todo tipo de flores y de las más increíbles tonalidades: rojas, violetas, naranjas. Incluso azules. Asimismo, vi árboles frutales, arbustos, hiedra envolviendo una columna.

Salta a la vista que no soy ni he sido nunca ninguna experta en plantas. Así, a bote pronto, sabría diferenciar un pino, un abeto, un cactus, claro. Los geranios también, las rosas, eso es obvio, pero para mí, los jardines no son más que jardines, los bosques, bosques. Conjuntos en los que no soy capaz de diferenciar ninguna de las partes. Me fascina la gente que me habla de magnolios, abedules, arces, glicinias.

Maravillada ante aquel despliegue de colores, imaginé que había llegado una nueva vecina a la finca, pero, conforme lo pensaba, me reproché a mí misma aquel pensamiento, el asumir que tenía que ser mujer, e imaginé a mi hermana castigándome con su mirada reprobatoria. Antes de que pudiera seguir dando rienda suelta a mi imaginación, la silueta de un hombre emergió del interior del bajo.

Dejó la regadera en el suelo, se detuvo por unos instantes frente a un limonero, acarició un limón, o eso me pareció, y entró de nuevo en casa.

Me quedé unos instantes más, expectante, por si volvía a salir, o por si aparecía una mujer, su hipotética pareja, pensé, pero no hubo suerte, de manera que bajé a la vida real. Puse lavadoras y logré vencer al jet lag mientras empezaba a ver una serie que mis alumnos me habían recomendado antes de que el curso terminara. Finalmente caí rendida en la cama dando gracias, en secreto, a que la rutina volviera, a no tener que andar de nuevo por la arena de aquella playa llena de cuerpos musculados al acecho de sexo, sol y viento. Dando gracias por que el mes de septiembre me brindara la oportunidad de hacer aquello que mejor sabía hacer: trabajar.

Volví al instituto, a mis alumnos de bachillerato, y, sin embargo, en comparación con la experiencia de otros años, fueron unas semanas tranquilas, sin el frenetismo de septiembres anteriores. Eran días de bienvenidas y protocolos, de orientación y preguntas. A los alumnos del curso del que era tutora solía contarles que primero de bachillerato era un curso especial, antesala de esa edad adulta en la que tomar un camino excluye otros. La primera semana vino una alumna al despacho y se puso a llorar diciéndome que le daba mucho miedo equivocarse. Había empezado el itinerario de ciencias y de repente se veía incapaz de aprobar los exámenes de Física y Tecnología. Entre sollozos me dijo que «era injusto que les hicieran escoger a una edad en la que no estaban preparados para hacerlo». Le respondí que uno nunca suele estar listo para escoger, pero que eso mismo es madurar: saber que nadie tomará las decisiones por ti.

Por las tardes, después de reuniones y consejos de profesores, regresaba a casa, me preparaba las clases para el día siguiente y leía. Cenaba pronto, en mi pequeña terraza, en aquella mesa de madera que nunca había barnizado. Desde ahí, me gustaba presenciar la vida secreta que ocurría noche tras noche en los tejados aprovechando lo que quedaba de verano. Las cenas, los amigos, las conversaciones distendidas, las risas. Asistía, como la buena observadora que soy, a la vida de los otros.

Me fijaba en el jardín florido de la planta baja, pero el inquilino tardó semanas en reaparecer. Lo hizo ya hacia finales de septiembre. Vi cómo, sin hacer apenas ruido, como si fuera una sombra, se deslizaba entre las plantas floridas con una manguera de color verde. Iba regando primero las plantas grandes, los árboles. Para las plantas más pequeñas, más delicadas, utilizaba una regadera metálica. Después pasaba un paño blanco por esas hojas que a mí se me antojaban tan increíblemente verdes y por aquellas flores de inusual belleza y forma. Lo hacía como si aquello fuera un ritual pausado y lento, un ritual que llegaba a su fin cuando apenas quedaba luz para distinguir la sombra del hombre, convertido en una silueta negra que dejaba la regadera y el paño doblado con pulcritud sobre una mesa, la única que había en el frondoso jardín de los bajos de mi edificio.

Conforme pasaron los días y fui asistiendo a aquella delicada ceremonia que tenía lugar en días alternos, me di cuenta de que siempre seguía unos mismos pasos y, además, con un mismo orden. También me percaté de que lo que me atrapaba no era el ritual en sí, sino el extraordinario mimo con que aquel hombre acariciaba las plantas como si fueran animales, personas. Mujeres.

Pese a que al principio esperaba el ritual con una suerte de calma extraña, después, sin embargo, me convertí en una espectadora inquieta, con una creciente ansiedad, como si estuviera haciendo algo malo, a escondidas. Cuando regresaba al interior de mi casa, me quedaba un rato pensativa. Eran sus manos, la delicadeza de aquellos dedos que rozaban con una parsimonia gozosa la superficie de las plantas, el tallo de flores cuyo nombre yo no conocía. Gozoso, aquel era el adjetivo.

Eran sus manos, sí. Yo imaginaba a un hombre de manos grandes. Manos en cuyas palmas pudieran leerse las líneas de la vida, de la muerte. Del amor, o de la falta de él. De los hijos, la descendencia y el deseo, el cinturón de Venus, el semicírculo que se dibuja entre el índice y el corazón.

Octubre llegó pronto, más que otros años, o así lo sentí yo. Había cambiado la vida de los tejados, que se fueron vaciando progresivamente, por la que sucedía en días alternos unos pisos más abajo, esa vida que me insuflaba el hombre que, ahora ya casi a oscuras, encendía unas luces tenues e iba dedicando los últimos minutos de luz a las plantas. A veces temía que fuera a ahogarlas, porque tenía entendido que no era necesario regarlas tan a menudo, pero me parecía que la opinión de una mujer que con suerte distinguía un pino de un abeto apenas contaba. Me sorprendía que, más allá de la mesa de madera, pequeña en comparación con el tamaño del jardín, no hubiera ningún otro mueble. Ni siquiera sillas. De haber vivido yo ahí, de haber sabido cuidar un jardín tan precioso como aquel, hubiera cenado todos los días envuelta por la fragancia que imaginaba que desprendería toda aquella frondosidad.

Por mucho que lo intenté, no logré verle bien la cara en ningún momento. Llevaba el pelo largo y, cuando se agachaba frente a la más grande de las macetas, la del limonero, yo solo veía una nariz perfectamente cincelada y mechones de cabello que le caían sobre la frente. Le eché unos cuarenta y muchos, o eso le dije a Bárbara cuando me llamó para preguntarme que «qué tal» y, ya de paso, si había conocido a alguien. Pensé en aquello que me decía siempre, lo de la actitud, y le dije que creía que sí, que había conocido a alguien. «Pero cuéntame, anda, que ya sabes que me haría tan feliz verte otra vez...» Y la corté dándole un solo dato que inventé sobre la marcha, la edad, y le dije que ya se lo contaría a su debido momento. Colgamos y me reí para mis adentros, como si hubiera logrado una pequeña victoria.

Podría, por ejemplo, haber forzado un encuentro en el portal del edificio, frente a los buzones, pero no me atrevía. En ese mismo sentido expansionista podría haber pensado en alguna estrategia o simplemente bajar a darle la bienvenida, como hubiera hecho cualquier otra persona. Me decía a mí misma que quería ser amable con aquel hombre, pero lo que más se acercaba a mi deseo era lo que terminé confesándole a Bárbara la siguiente vez que hablamos: «¿Cómo sería que te tocaran esas manos?», le pregunté. Porque lo que yo imaginaba era a un hombre de manos grandes que me tocaba a mí con la misma suavidad con que parecía acariciar aquellos tallos de un verde tan sobrenatural.

Escuché el suspiro al otro lado de la línea. «Pues mira que lo tienes cerca», terció mi hermana. «En tu misma escalera.» Sé que lo pensó, aquello de la actitud, pero al menos no lo dijo.

Un miércoles salí del instituto antes de tiempo porque anularon una tutoría de última hora, y me encaminé por la calle Roger de Flor hacia casa. Esa no era mi ruta habitual, pero quería pasar por una librería y, al entrar, dejé a un lado mis secciones habituales: economía, biografías, y me fui directa a la sección de libros de floricultura y jardinería. *Cómo no matar tus plantas. Enciclopedia de jardinería. Jardinería para dummies.*

Leí en la contra de *Hortensias, la guía definitiva*: «Si crees que tú nunca podrás tener plantas con flor en tu terraza porque no le da el sol, ahí está la hortensia para demostrarte que estás muy equivocado. Plántala en tierra ácida y mantenla siempre húmeda, y aguantará años».

En *El astilbe o barba de la cabra*: «Se llaman así por su forma y, en verano, llenarán tu terraza de flores vistosísimas que duran mucho, e incluso cuando ya están marchitas tienen encanto. Ideal para evitar agobios de limpieza jardinera. No son muy exigentes, con lo cual, aguantan bien las inclemencias del tiempo. ¡Ah! Y no necesitan mucho sol».

Lo mismo con el bambú. O en *¡Yo también tengo un boj!*: «Cuanto más lo podes, más ramas, hojas más pequeñas y más densidad en la planta, lo que la hará más "dura". Otra de sus ventajas es que siempre dará color a tu jardín: en primavera-verano, lo cubrirá de verde intenso, y en otoño, de un tono anaranjado».

Boj. Begonias. Hibiscos. Me abrumé con los nombres, pero terminé comprando cinco libros y empecé a memorizar detalles, abonos, sistemas de riego. Aquella misma noche, cuando cayó el sol y empezó de nuevo el ritual, me pareció ver que una columna del porche estaba cubierta por jazmín chino, y que un arbusto trepador cubría el muro que separaba su terraza de la del vecino. Me sentí eufórica, como si hubiera descubierto algo que hasta entonces había estado fuera de mi alcance y, cuando Bárbara me llamó preguntándome si había avances, me atreví a decir, con actitud: «Aún no, pero los habrá».

Aquellos días de finales de octubre, además de hacer una inmersión en el mundo de la jardinería, dejé el gimnasio y el grupo de *singles,* cuyos planes nunca me habían interesado lo más mínimo, para reconciliarme con las clases de yoga. Durante mucho tiempo, mi exmarido y yo habíamos ido religiosamente todos los martes y los jueves a un pequeño estudio de yoga en Gràcia. Nos apuntamos cuando la relación empezó a hacer aguas, cuando aquel terapeuta de parejas nos recomendó lo de «hacer cosas juntos». Al menos, pensamos aliviados, ninguno de los dos tenía que hablar de nada. De aquella primera clase a la que fuimos, recuerdo el pequeño lapsus que tuve cuando la profesora, que por la edad bien podría haber sido mi hija, dijo a modo de rezo: «Que esta práctica de yoga sane y fortalezca tu mente y tu corazón» y yo respondí, más por costumbre que por otra cosa «Amén», y media clase se giró hacia mí y me deshice en excusas hasta que la mirada fulminante y avergonzada de mi exmarido me hizo callar de golpe. Nos hablaron después del karma y del dharma. Los tópicos siempre funcionan en momentos de crisis y cualquier cosa se convierte en señal para el que las está buscando. «El karma es lo que te pasa, el dharma es tu propósito en la vida.» Resoplé, pero nunca le dije lo que pensaba a aquella profesora que insistía en todas esas santurronadas de que el dharma estaba por encima de todo. Tampoco me quejé, acaso resoplé un poco más aquella otra vez en que nos habló de los animales totémicos, de que había que recuperar el vínculo con ellos porque eso era lo que permitía al ser humano reencontrar su lugar en el planeta como parte de la naturaleza. Me quedé en silencio, a pesar de que pensé en responder algo, sobre todo cuando me espetó que mi animal totémico era un mapache. ¡Un maldito mapache! Pero cuando sí que debí haber dicho algo fue cuando mi marido se marchó de casa arguyendo que lo hacía guiado por su dharma. «¿Tu qué?», había replicado yo. Y me había insistido con aquello, que terminó por recordarme a los famosos que de repente se vuelven budistas porque ya no saben qué buscar para llenar su vida. Su dharma le pedía que se fuera, que era una manera como otra de decidir ser egoísta guiado por una suerte de principios divinos, es decir, sin culpa. A los que habíamos crecido con la culpa católica nos era francamente revelador que alguien o algo nos liberara de ella.

Volví a mi rutina de siempre, y en mi rutina, además de reconciliarme con el yoga, que finalmente me dejó también de recordar al dharma de mi ex y a los mapaches, creció mi nuevo interés por las plantas, como creció también aquella fantasía que empecé a proyectar en torno al hombre que cuidaba de su jardín, al que convertí en un personaje fantástico capaz de rescatarme de la ausencia de propósito —ay, el dharma— de mi vida.

No me perdía ninguna cita. Abrigada, envuelta ya en lana, repetía nombres: *Nandina domestica. Viburnum tinus*. Anturios. Imaginaba un encuentro fugaz en la entrada de la finca. Sus manos enredadas en mi pelo, aquella rotundidad y decisión de los dedos que acariciaban mi cara, que me desnudaban en aquel jardín lleno de rosales en la antesala del invierno.

Un día, pronto, de camino al instituto, salí del ascensor y escuché la cerradura. Corrí y lo vi de pie, de espaldas, introduciendo la llave.

—Buenos días —me apresuré a decir.

Sobresaltado, se giró. Sostenía una barra de pan en la mano, chaqueta de piel marrón gastado y el pelo, largo, de un tono parecido aunque más grisáceo. Tenía, o así me lo pareció, un ojo verde y otro azul. Quise decir muchas cosas más, pero él murmuró un «buenos días» hacia la puerta y entró en su casa. Me fui corriendo al instituto como si huyera de una catástrofe. *Nandina domestica. Viburnum tinus*. Anturios. ¿Por qué no le había dicho nada acerca de su jardín? Al llegar a clase repartí las hojas del examen de Física y me perdí en ensoñaciones. Me pasé todo el día nerviosa, recriminándome que tendría que haberle dicho algo. Hablarle de sus plantas, decirle que a mí también me gustaban, pero omitir que me había comprado cinco libros y que alternaba los de economía e historia con los de nombres de arbustos.

Soñé con él, y aquel era un sueño antiguo, como si procediera de una parte olvidada de mí. En el sueño tenía la sensación de estar flotando sobre el mar y, en cierto modo, era así, porque estaba dentro de un avión que avanzaba sobre el océano. Yo también avanzaba lentamente detrás de un azafato que iba delante de mí, que aún recogía los restos de comida de los demás pasajeros, y no podía adelantarlo porque no cabíamos los dos en el pasillo. Hubiera tenido que apartar el carrito, apartarse él también a un lado, hacerlo yo y avanzar de costado. Aún y todo, hubiera sido difícil no tocarlo, no rozarlo y, en realidad, casi hubiera querido hacerlo. Pasar la punta de los dedos por esos brazos morenos y fuertes. Entonces, el azafato se giró y me observó. Comprendí que era, en realidad, el hombre de las plantas. Al sonreír, se le formaron unas arrugas alrededor de los ojos bicolor. Retrocedió hasta encontrar un hueco para apartar el carrito y dejarme pasar. Yo hacía malabarismos y pasaba rozando —casi, ay— su cuerpo y le sonreía. Quería decirle, aunque no sé si se lo decía finalmente, que me siguiera, que viniera conmigo. Es aquí y ahora, algo así quería decirle, y estamos de pie sobre el mar. Y en mi imaginación, en la imaginación del sueño, dos veces alejada de la realidad, un sueño dentro de un sueño, yo le desabrochaba la camisa, y sus brazos eran fuertes y apenas tenía pelo en el pecho, pero no me importaba a pesar de que a mí no me gustan los hombres lampiños. El avión dejaba de ser avión y era habitación —casa, hotel, hamaca en la playa— y entonces hablábamos de forma entrecortada y lo seducía —me saltaba esa parte, los preliminares me aburren— y de repente estaba sentada encima de él y ya no hablábamos y tenía las mismas arrugas alrededor de los ojos, pero los mantenía entrecerrados y alguno de los dos, ahora ya no sabría decir bien quién, pero yo creo que era él porque yo no grito, lanzaba un gemido algo teatral y entonces volvía a ser un avión, ya no existía la habitación. Yo nunca hubiera gritado así, y él, el que me hubiera gustado que fuera él, tampoco. Antes de cerrar la puerta de plástico del baño, echaba una mirada al pasillo y él seguía recogiendo bandejas, pero no me miraba y, resignada, me encerraba en el cubículo y corría la pestaña de la luz.

El gritito. Siempre hay algún detalle que nos aparta definitivamente de una historia. Aquel día amanecí con un miedo extraño, un terror antiguo a los detalles que no encajan. Amanecí, también, con la urgencia de lanzarme, de hacer algo.

Al final, lo hago todo rápido, como si estuviera huyendo. Se mezclan muchas cosas: el sueño del avión, el dharma, haber sido un mapache —que representa la verdad, la curiosidad y la aceptación, sobre todo eso: la aceptación—, de manera que lo hago todo atropelladamente, quizás huyo de mí, de mi actitud, de aceptar lo que me viene dado, por eso, cuando veo que es diciembre, que llevo casi cuatro meses de observación, de tranquilidad, de ensoñaciones y estudios de esas flores que él, solo él y sus manos saben mantener con vida, salgo a la terraza y vuelco un cubo de ropa mojada, como si fuera a tenderla. Es ropa cuidadosamente escogida: sujetadores con encaje, una camiseta de raso, un fular que me regaló mi exmarido. Todo eso lo vuelco y la fuerza de la gravedad lo lleva hacia abajo. Caen al suelo: un sujetador en la hortensia, el fular se enreda en la buganvilla, aún florida, pero «cómo puede ser», me digo, y me respondo, «pues por sus manos, porque cada día las riega, e imagina qué harían esas manos si te regaran a ti».

Espero a que salga, como cada noche, y cuando lo hace, cuando veo que se detiene en el marco de la puerta, asombrado ante el espectáculo, ante los habitantes repentinos de su jardín, arranco a correr, cojo el ascensor, que tarda y tarda, y entonces bajo por las escaleras y llego volando a su puerta y timbro con insistencia, como si no hubiera un mañana.

Cuando me abre, cuando lo tengo frente a mí, pienso que es el hombre más hermoso que he visto jamás.

—Es que se me ha caído... entero. Perdona.

—Sí, lo he visto —dice con una voz profunda—. Pasa. ¿Tienes algo para recoger la ropa?

He olvidado esa parte.

—Ay, no, perdona —digo—. Me gustan.

—¿El qué, disculpa?

—*Nandina domestica*. *Viburnum tinus*. Anturios. Las plantas, digo.

Me mira como si no entendiera.

—Pasa, tengo una bolsa. Creo que te servirá.

Entro y me embarga una profunda timidez. Tanta que me quedo sin nada que decir. Tiene un salón austero pero lleno de estanterías y libros. Me señala el pasillo que lleva hacia la terraza y me hace un gesto para que me dirija hacia ahí. Mientras, él va a por la bolsa. Me voy acercando a la terraza y siento sus pasos detrás de mí. Salgo por fin, y lo primero que me sorprende es la ausencia de aroma, ni rastro de la frondosidad de ese olor imaginado. Observo toda la magnificencia de colores. Es entonces, al acercarme a desenredar el fular de la buganvilla, cuando me percato. Cuando veo de cerca la hortensia en la que está el sujetador con encaje. Cuando me acerco al rosal porque el camisón lo cubre por completo. No hay que tener miedo. No van a pincharme las espinas. Cuando veo la palmera, los hilitos de plástico mal cosido del tronco. O el limonero, la tela amarilla mal cosida de los limones. Me quedo de pie, mirando aquel jardín artificial en el que no hay rastro alguno de vida.

Cuando me giro para alcanzar la bolsa de plástico que me ofrece para recoger la ropa, me escucho decir:

—Son preciosas.

A veces llueve en un lugar remoto

Porque era él; porque era yo.
MONTAIGNE, sobre su amigo
Étienne de La Boétie

Ciertas imágenes permanecen y son casi las cinco de un día de enero de 1976 y, en una clase de primero de EGB, una niña de largas trenzas oscuras tropieza con el cordón de los zapatos, que lleva siempre desatados, y cae sobre mí. Me agarro fuerte al pupitre con ese tintero inútil en el que dejo las minas rotas del lapicero. Trato de no caer yo también, pero, con el codo, sin querer, arrojo al suelo la figura de barro, ya seca, que tanto orgullo me ha provocado esos días en clase de Manualidades. Es un intento de elefante, una figura tosca de la que, al impactar contra el suelo, se separa la trompa. Un elefante sin trompa no es un elefante. Su rostro, dominado por un vacío, pierde entidad. Con los ojos enrojecidos, a punto de las lágrimas, de la rabia que me da, agarro del brazo a esa niña enclenque y la pellizco. Le clavo las uñas, como sé hacer, y la empujo. Le digo algo parecido a «me has roto mi elefante» y entonces ella, la niña más delgada de clase, se abalanza sobre mí y me tira del pelo. Terminamos enzarzados en una pelea, los dos llorando. Pero nadie nos presta mucha atención porque es hora de salir y, a través de megafonía, suenan los nombres de siempre: Carmela Iglesias, Mateo Salinas, Victoria Puertollano, los nombres de los niños cuyos padres llegan puntuales al colegio para recogerlos. Nosotros, los dos, somos todo mocos y lágrimas. «Pídele perdón», me ordena amenazante la profesora. «Pídele perdón», le dice a ella. Parece que aún puedo escucharla y esa imagen antigua permanece, está resguardada en un cajón a salvo de las inconsistencias del tiempo. Son los inicios: los dos de cara a la pared en una clase de la infancia, orgullosos, sin ser capaces de disculparnos, castigados a estar juntos en una vida sin recreo.

Recojo la maleta en la cinta y busco un carro. Pruebo un par para asegurarme de que luego no haya sorpresas con las rueditas atascadas. Paso por aduanas y el funcionario del último control me vuelve a pedir el pasaporte. Me da la bienvenida: *«Welcome back»*, me dice. Asiento y me dirijo hacia las puertas automáticas. Pero se cierran antes de que pueda atravesarlas.

Otra imagen, de unos años más tarde. Vamos a catequesis juntos y ya no lleva trenzas, sino que se ha cortado el pelo justo a la altura de los hombros y las puntas se le abren hacia arriba, como si no quisieran rozarla. Se sienta siempre delante de mí. En la pared, sobre su cabeza, como si cargara con ella, cuelga una ilustración bíblica acompañada por un versículo: «"Pedid y se os dará." Mateo 7:7». Sospecho que ninguno de los niños que rodeamos a la catequista, en especial la niña del pelo por los hombros, entiende el significado de ese oscuro mandato, el misterio de saber pedir. Intuyo que no llegaremos a hacerlo, entre otras cosas porque yo voy a repetir curso y mis padres sustituirán mis extraescolares, entre las que se cuenta catequesis, por clases de refuerzo. Ella, porque se declara atea antes de saber siquiera lo que es el ateísmo, y sus padres la inscribirán en el equipo de voleibol.

180

Un hombre bajo, delgado, que viste con una especie de elegancia anticuada, se acerca y se sitúa en medio de las puertas automáticas, introduce una herramienta entre ambas hojas, forcejea, finalmente las puertas se abren y salgo al exterior. Aparece el tumulto frente a mí, las miradas expectantes, las pancartas de bienvenida, los nombres escritos en folios cuadriculados.

Con diecisiete años, esa chica gana un premio nacional de Filosofía con un trabajo sobre *Madame Bovary:* «El quijotismo en *Madame Bovary*». «Se entiende por quijotismo el estado de insatisfacción crónica de una persona, producido por el contraste entre sus ilusiones y aspiraciones y la realidad, que suele frustrarlas.» Había entregado aquel trabajo impreso en papel verjurado y la marca de agua aparecía en todos y cada uno de los folios. Galgo, ponía. Era una marca ligera, casi imperceptible, pero la noche del premio, la primera vez que nos emborrachamos, yo no le pregunté por Emma Bovary, aunque tiempo después sospechara que ella se había convertido en el mítico personaje de Flaubert. Porque Emma Bovary no sabía lo que quería, o quería siempre lo que no tenía, o pensaba que el amor llegaba de golpe, entre grandes destellos y fulgores, y que todo estaba escondido en los libros aunque si leías los libros equivocados podías morir. No, no le pregunté por Emma Bovary porque quizás, aunque cómo podía adivinarlo, el que se estaba convirtiendo en ella era yo, pero lo que guardé de aquel premio no fue aquella premonición que me llegó demasiado tarde sino un detalle absurdo, la marca de agua, el rastro, sobre el que se escribía una historia.

La busco, pero al principio no la encuentro. La veo en el extremo izquierdo, donde termina la barandilla metálica que delimita la zona de llegadas. A su lado, un hombre alto sostiene un cartel con mi nombre escrito incorrectamente con un grueso rotulador azul. La veo, ya riéndose en la distancia.

Ciertas imágenes permanecen y, con veintiuno, esa misma chica huye de una cena de fin de año porque no quiere escuchar las campanadas. Ya no estamos en el colegio, vamos los dos a la universidad, somos adultos, o eso dicen, pero a ella lo que le ocurre, aunque no lo diga, es que no quiere hacerse mayor. Además, viste siempre con colores oscuros, se pinta los labios y las uñas de negro y suele definirse a sí misma como gótica, pero esa estética dura e impenetrable no es más que el disfraz tras el que se oculta. Son las 23:50 del 31 de diciembre de 1991 y coge el metro decidida a pasar las campanadas ahí. Pero las campanadas la alcanzan a ella porque el vagón se detiene justo a la entrada del año. Suenan los cuartos, empieza el show y ella trata de ponerse los auriculares del discman, pero yo, que estoy a su lado, le digo que al final las cosas terminan alcanzándote y ahí, en el metro, estación de Canillejas, los dos sentados, le digo: «Feliz año» y, envalentonado por el champán barato de la cena, me atrevo: «Alicia, te quiero». Y ella me responde con un abrazo, y salimos del metro y, como ya lo hemos hecho una vez y me da menos vergüenza, la vuelvo a abrazar en la calle Alcalá y querría decirle que se quede ahí conmigo para siempre, que no se mueva, pero siento cómo me cerca un viejo versículo que dice que se te dará lo que necesites, y la opacidad de lo que esconde es lo que finalmente me atrapa, se te dará lo que necesites pero solo tienes que saber pedirlo.

Tengo la sensación de estar detenido, no solo en el aeropuerto sino en el tiempo, aunque sé que estoy andando y Alicia mueve la mano, la agita haciendo aspavientos. Como si aún no la hubiera visto y necesitara una confirmación de que es ella. Por unos instantes, una familia cargada de maletas se cuela delante de mí y dejo de ver a Alicia mientras me acerco hacia el final de la barandilla, y entonces me asalta el pensamiento de que la relación más larga que he tenido es una relación que nunca tuve. Quiero decir, claro que existió, asumiendo que los anhelos y las incertidumbres existan y que haya un lugar para ellos. Que haya personas que son como marcas de agua en las hojas de papel, que se sobreimprimen en el resto de la historia, y mientras me acerco al final de la barandilla puedo ver a Alicia tumbada a los pies de mi cama, en una cabaña, en el último fin de semana que pasé con ella. El televisor, encendido, y yo recostado en el cabezal mirándola a ella. El pelo corto, tan corto como el mío, y, de fondo, un programa sobre el lugar más árido del planeta, el desierto de Lut, en Irán. La voz en off, que cuenta: «A setenta grados centígrados se puede freír un huevo sobre la superficie de la tierra, el cuerpo humano tarda escasos minutos en sufrir un fallo orgánico y la vida animal y vegetal es extravagante y misteriosa», y Alicia se despereza. «Un huevo frito en el desierto de Lut. Podríamos ir, ¿no?» Me acerco a ella y me quedo a su lado, tendido, y escuchamos los dos cómo esa misma voz en off, melodiosa y con un tono entre resabido y melancólico, rozando lo cursi, cuenta que a veces hay «turbulencias en el cielo». Escucho a Alicia reír. Nos quedamos callados, atentos a esa voz que, con el tono de quien empieza a contar una historia, dice: «A veces llueve en un lugar remoto», y entonces la señal se pierde. Me levanto y trato de sintonizar la antena, lo logro y la imagen ha cambiado por completo y están entrevistando a un hombre en el exterior de una cabaña de barro. Alicia dice: «Me he quedado con ganas de saber qué decía. Era interesante. ¿No tienes a veces esa sensación? Justo cuando algo empieza a ser prometedor de repente se termina». Y me mareo, de repente, solo que luego entiendo que esa fragilidad que siento entonces tiene otro nombre, se llama, en realidad, felicidad, y fuera llueve, o empieza a llover, aunque no estoy seguro de si eso es algo que con el tiempo he añadido yo al recuerdo, porque a veces llueve en un lugar remoto, incluso en el desierto de Lut, y me acerco aún más a Alicia y la empiezo a desnudar y le beso el lunar que tiene en la clavícula, la media luna encima del glúteo izquierdo, y no sé si sigue lloviendo fuera, pero sé que todo esto ocurre antes de enfadarnos. Antes de que yo me marche un domingo al aeropuerto de Lagos en el que, ya con todas las maletas, la mudanza hecha, la llamo para decirle que no, que no me voy, que ya está bien de ser siempre esos dos niños que se quedan sin recreo. Sin embargo, ella no atiende, o no hay cobertura, no me acuerdo, y le escribo entonces un e-mail y quiero pedirle algo que no recuerdo. Al final entro en el aeropuerto, por estas mismas puertas por las que en estos momentos, tres años después, que son 1.095 días, regreso. Creo que no le llegué a mandar el e-mail, pero sé que quería pedirle algo, ese deseo antiguo a la salida del metro que, como ciertas imágenes, permanece. Sin embargo, cuando la tengo ahora frente a mí han pasado veintinueve años desde que la abracé en la calle Alcalá y lo que hago es abrazarla y levantarla del suelo sucio del aeropuerto de Lagos como si pudiéramos volver a Canillejas y a 1991 o a la cabaña y al misterio del desierto de Lut y le digo: «Alicia, te echaba de menos», y acto seguido le susurro que no hacía falta el cartel con mi nombre, que sabe perfectamente cómo me llamo y que los carteles solo están para reconocer a los que no conocemos, pero ella me dice que «quería ver tu cara al ver que han escrito así tu nombre».

No pesa, Alicia nunca ha pesado demasiado, y me suelta un «Hueles a avión» que me hace reír, de la vertiginosa felicidad de verla, de que nada cambia nunca tanto como para sorprendernos. «¿Estás nerviosa?», le pregunto. Pero no me responde, ya habrá tiempo de hablar de estas cosas, y ella se queja del bochorno mientras nos dirigimos al coche. «Bienvenido», me dice, me agarra más fuerte del brazo y me quedo en silencio. Va hablando con el chófer, que le pregunta por mí, creo, porque ella le responde que «es el mejor amigo que nunca he tenido», pero Alicia sabe que los nombres se tambalean a veces, como si no se sujetaran bien, o son inexactos, o no cuentan más que lo que puede entenderse. O quién sabe qué es lo que piensa, quizás si lo hubiéramos hablado o si yo hubiera llamado más veces. Y sigue: «Hacía más de tres años que no venía, pero hemos estado toda la vida juntos. A las buenas y a las malas, siempre», y ahora calla y se dirige a mí: «Ha pasado tiempo, pero aún no han arreglado nuestro puente. Vamos a pasar por el mercado y así lo cruzamos».

Entonces lo veo claro. «Sí que te llamé, Alicia, yo sí que te llamé», le digo, y siento cómo el sol derrite el asfalto. Pero de repente no estoy seguro de haberla llamado ni del valor premonitorio que tienen algunos versículos bíblicos. «No tengo ninguna llamada tuya», exclama sorprendida. «Te decía que siguen sin arreglar nuestro puente. ¿Te acuerdas?» Y claro que me acuerdo, y en los escasos metros que nos quedan hasta el coche, el carro se me va atascando porque las ruedas, aunque parece que funcionan, siempre terminan deteniéndose.

Claro que lo veo, en Lagos, en esta ciudad cosida de puentes, de puentes que son una metáfora universal del entendimiento, o del no entendimiento, veo el Carter Bridge. Todo el mundo lo llama así, aunque la letra *a* hace tiempo que se cayó. Lo llaman así porque lo recuerdan de una manera que ya no es. De una manera entera. No como un nombre incompleto y absurdo: Crter. Y entiendo entonces que nos ha ocurrido lo mismo y me detengo en seco porque tendría que decírselo: somos como el puente, pero en su lugar digo que me he parado por el maldito carro, que se ha atascado, y gotas de sudor me empapan las sienes. «El bochorno —digo—. El maldito bochorno de esta ciudad.» «¿Estás bien?» Murmuro que es un golpe de calor y, cuando finalmente llegamos al coche, doy gracias por el aire acondicionado. Alicia pasa delante porque atrás, en el asiendo de mi lado, hay una americana de un traje de hombre que no puede arrugarse. Me incorporo y, como no se me ocurre otra cosa, vuelvo a preguntarle: «¿Estás nerviosa?». Suspira, como si estuviera muy cansada. «Bueno. Sí. Estoy contenta, pero es agotador montar todo esto en tan poco tiempo.» «Sí, sí, imagino.» Sin embargo, cuando se cierra la puerta del coche y nos empezamos a mover, me encuentro sus ojos fijos a través del retrovisor y le digo la verdad: que no, que no me lo puedo imaginar porque yo nunca me he casado.

Tampoco

Nadie sabía qué nombre ponerle al bebé y yo no dejaba de llorar. Pero el nombre no era el verdadero problema. El bebé había nacido con forma de rigatone, esos macarrones rayados que son ligeramente más anchos. Y por si eso no fuera suficiente, la comadrona me decía que estaba relleno. Aunque quizás eso viniera de que la semana anterior, en aquel restaurante pretencioso, estuve a punto de pedirme el plato del día, los rigatoni rellenos de pollo. Finalmente no lo hice porque siempre me arriesgo, así que preferí ir a lo seguro y decantarme por la pasta al pomodoro, que no dejaba de ser una simple pasta con tomate.

En definitiva: en el sueño, yo había tenido un bebé, pero mi hijo había resultado ser un rigatone y era necesario darle un nombre y como nadie, ni la comadrona ni mi madre, decía nada, yo proponía Lena, a pesar de que ese es el nombre de mi ahijada. No sabíamos quién era el padre, y yo pensaba que había varias posibilidades y sin embargo ninguna, y en eso el sueño se parecía a la realidad, terminaba de convencerme. Además, ninguna de aquellas posibilidades, que yo supiera, era o había sido un rigatone.

Estaba convencida de que era una niña, aunque imposible saber en qué me basaba para llegar a esa conclusión. Más allá de todas estas descabelladas suposiciones, el sueño lo recorrían mis incansables lloros: tenía la sensación de que ni siquiera sabía hacer eso bien: tener un hijo, algo que, como sacarse el carnet de conducir, tenía entendido que era bastante fácil y accesible para todo el mundo. Pero no era eso lo que había dicho la doctora, y en eso el sueño confirmaba la realidad porque, indignada tras sus gafas de montura roja, aquella ginecóloga enjuta y malhumorada me había dicho que ya era tarde, que tendría que haberlo pensado antes, que ahora las mujeres teníamos una vida tan ocupada, con tantos trabajos y viajes, que dejábamos lo verdaderamente importante para más tarde, y que bueno, que pensara que la vida estaba llena también de gente que era feliz sin «procrear».

En un momento dado, en el sueño, después de que me dieran una suerte de instrucciones para cuidar bien a mi hija —tenía que guardarla en un botecito de cristal, como los de mermelada, con su tapa de rosca de cuadritos de vichy—, la comadrona se llevaba a Lena y a mí me embargaba el miedo a equivocarme, a no acordarme de los pasos precisos. Me producía horror la posibilidad de que le pasara algo. Se la llevaban y nadie me dejaba verla más. Yo seguía llorando. «Riégala», me decían, «y así crecerá». Pero hasta donde tengo entendido no hay que regar a los rigatoni y, además, yo ya sabía que los niños tampoco se crían así.

—¿Sabes lo que de verdad me ocurría en el sueño, mamá?

En la cocina, mi madre lloraba de la risa. Se había tenido que quitar las gafas y apoyaba las manos en el mármol impoluto de la encimera. Se pasaba un pañuelo de tela por los ojos y echaba la cabeza atrás, como si no diera crédito, que no lo daba. Quizás

Clarice Lispector hubiera entendido el sueño: ella soñó una vez que era un pez que nadaba desnudo, o al menos eso leí en una entrada de sus diarios. Pero mi madre no sabía quién era Lispector, así que decidí quedarme callada. Y tampoco ella volvió a mi pregunta porque probablemente no supiera qué me ocurría y no estoy segura de que quisiera averiguarlo.

Sacó la lasaña del horno y con fastidio observó que se le había tostado más de la cuenta, con las puntas del queso, chisporroteante en el centro, ennegrecidas en los bordes y pegadas a la fuente de cerámica.

—Luego tendré que rascarlo —dijo refiriéndose al queso—. Es de champiñones y espinacas.

Se quedó trajinando por la cocina, ahora en silencio.

—Siento mucho que tampoco esto te haya salido bien.

Y me dio la sensación, aunque soy muy mala para eso, de que los ojos se le ponían vidriosos, de que se le escarchaba la mirada. Yo asentí y después nos comimos la lasaña en silencio, pero se me había atravesado, ya no el sueño ni los hilos de las espinacas, sino un adverbio que procedía de dos palabras precisas, tan y poco, por el que se escurrían el tiempo, las decisiones y las incapacidades, un adverbio que se usa para negar algo después de haber negado algo más.

La gente no existe

Es la última fiesta, la última gran fiesta del verano, y el hombre que un día fue un niño, que se siente ahora el más joven entre los viejos, vuelve a llevar pantalón corto y es, de nuevo, el niño al que todo el mundo fingía no ver. Toda su vida ha recordado aquel momento en que tenía seis años y sus padres le gastaron una broma que apenas duró unos minutos, los más angustiosos de su vida, incluso más que cuando, hace ya cuatro años, le dijeron que «se apreciaba una mancha dudosa en la ecografía». No tendría más de seis años y sus padres, sus tíos, incluso su abuelo, reunidos a lo largo de la mesa, fingieron no verlo. Él hablaba y ellos no lo oían. Incluso su padre empezó: «Y el pequeño Gabriel ¿dónde está?, ¿alguien puede ir a buscarlo a su habitación?». «¡Gabriel! —llamó su madre—. Está lista la comida.» Y la nana, que era la única que podía haberlo entendido, la cómplice de todos sus juegos, alegrías y pesadumbres, se quedó callada, en la puerta de la cocina, mientras Gabriel decía: «Estoy aquí. Estoy aquí. ¿Es que no me veis?».

Pero los adultos siguieron su cháchara. «¡Estoy aquí!» Por unos instantes, Gabriel dejó de existir. De hecho, creyó que nunca había existido. Pero entonces fue presa de un miedo cerval. ¿Y si era la gente la que no existía y solo existía él, mudo, pequeño, indefenso, atrapado en una realidad imaginada, anhelada?

Le contaron que arrancó a llorar y, angustiado, se fue corriendo hacia su habitación para encerrarse en el armario, hasta donde fue a buscarlo su madre. La memoria de Gabriel se funde a negro, pero su madre le contó cómo, llorando, repetía sin cesar: «Mis padres no existen. La gente no existe».

De la misma manera que hay piedras sobre las que se erigen civilizaciones enteras, la primera piedra, existen momentos fundacionales de una vida, así los llama Gabriel, «fundacionales», porque la vida se funda, se enraíza, se estanca y se detiene en momentos singulares. Y de aquella broma cruel y pesada, Gabriel recuerda el miedo, la desconfianza en esos adultos que, en su memoria, están siempre ebrios, de alcohol pero también de vida, conversando alrededor de mesas, libros y periódicos, balcones sobre el mar, y él solo, el niño solo, alejado de la mesa, de la vida. La gente no existe. O existe solo en momentos determinados, un haz de luz intermitente que la convierte en real, el niño que llora agazapado dentro de un armario. «Pero claro que existimos, claro que existes. Ahora solo estás asustado, Gabriel», le dijo su madre, impresionada también por el efecto devastador que tienen algunas de las cosas para las que no preparamos a los hijos.

El miedo y el dolor son también las formas que toma lo real. Afirman los médicos que cuando en los sueños aparecen estas dos emociones, el miedo y el dolor, el cerebro reacciona activando los mismos mecanismos que si estos fueran reales. Sin embargo, Gabriel ha experimentado en sus carnes la insondable diferencia que existe entre el sueño y la vigilia. Conoce bien el terror de estar frente al oncólogo que cruza los brazos sobre la bata blanca y se despoja lentamente de

194

las gafas de ver como si estas le pesaran. Como si para dar ciertas noticias, para pronunciar unas palabras determinadas, tuviera que estar un poco más desnudo, más ligero. Fue el lunes 17 de agosto y Gabriel asintió y entonces, a la salida del hospital, llamó a su mujer, a Greta, y le dijo, entre sollozos, que se había curado. Al otro lado del teléfono, Greta tardó en reaccionar, dijo que le devolvía la llamada en un segundo y así lo hizo, salió del aula donde estaba dando un curso de verano y se apoyó en la pared del pasillo y no podía hablar, callaba, llorando ella también. Tanto que parecía que fuera a ahogarse. Le faltaba el aire, prueba de esa felicidad tan inesperada. El golpe de suerte. Ella, tan comedida, que no había manifestado apenas muestras de la fatalidad en la que vivían sumidos desde hacía cuatro años, sintió que se derrumbaba, que le fallaban las piernas. «Es el mejor regalo que la vida me ha hecho en sesenta años, Gabriel. Que estés curado.» Gabriel la escuchaba desde el interior del coche, en el parking del hospital, y, cuando colgó, se reclinó hacia delante, dejó caer la cabeza sobre el volante y cerró los ojos. Desapareció. Se apagó la luz y estaba solo, agazapado en el armario del dolor.

Celebran ahora, dos semanas después, el 31 de agosto, que Gabriel ha vuelto a la vida. Gabriel está fuera, en el balcón, y observa desde ahí, a través del cristal, cómo van llegando ellos, sus hijos, sus amigos, esa familia que ha ido construyendo a lo largo de los años. Greta intuye que está allí, en el balcón, retirado, sabe que a veces Gabriel necesita alejarse un poco para tomar perspectiva, como si quisiera retener el tiempo. A lo largo de los años, ambos han entendido que el matrimonio es una cuestión de encontrar una distancia, la distancia adecuada. Gabriel la observa moverse con un vestido de gasa de color verde agua y un hombro al aire, la ve sonreír y que, cuando lo hace, echa la cabeza atrás y tintinean los pequeños aros dorados. Enmarcando a Gabriel, más allá del pinar, el mar de agosto cálido y templado, la quietud perfecta. Su hija Olivia le hace señas desde dentro. «¡Papá, venga, déjate de contemplaciones, que te estamos esperando!» Los invitados se giran entonces hacia el balcón, él sonríe, saca el teléfono de las bermudas, apoya el bastón en la puerta y les pide que posen, que están muy guapos.

Olivia sujeta a la bebé, su hija de nueve meses, «despídete del abuelo, va, que ahora te vas a dormir», pero la bebé hace rato que está dormida y Gabriel le acaricia el pie regordete, el tobillo con la picadura de mosquito. La besa en la coronilla y acompaña con la mirada a su hija hasta la habitación. El vestido de su hija deja al descubierto los flancos y no puede evitar comentarle algo.

—Hija, el cáncer no ha podido conmigo, pero no puedo decir lo mismo de ese tatuaje...

Todos ríen, Olivia incluida, que explica que en la inscripción se lee, en griego, «conócete a ti mismo».

Greta, sirviéndose una copa de champán, finge impaciencia.

—Llevan doce años discutiendo sobre la idoneidad del tatuaje —cuenta a los invitados.

—¿Idoneidad? Chabacano si acaso...

—¡Papá, bienvenido! Ya te echábamos de menos. ¡Chabacano, dice! Pero si es lo que nos contabas de niños sobre el oráculo de Delfos... ¡Tanta cátedra de Filosofía y luego hubieras preferido que me tatuara un ancla o un símbolo chino!

Greta levanta la copa. Propone un brindis.

—Por los tatuajes —empieza, y ríe—. Por los oráculos, por las buenas noticias. Por ti, Gabriel.

Los momentos fundacionales de la existencia son pocos pero indiscutibles. En el verano de 1975, frente al oráculo de Delfos, Gabriel decidió dejar la carrera de Arquitectura para matricularse en la Facultad de Filosofía. Aquella frase tan manida, la de «conócete a ti mismo», inscrita en la pronaos del templo de Apolo llegó a simbolizar, con los años, la vuelta a los inicios, a uno mismo. Aquel era el relato que él se había contado. Había ido a Grecia en un viaje organizado por la universidad, con otros estudiantes de su curso de Arquitectura, y, una vez allí, constató que no servía para la arquitectura. Ni siquiera le interesaba lo suficiente como a aquellos compañeros suyos con los que compartía tarde en el monte Parnaso.

Al año siguiente empezó a estudiar Filosofía y Letras, y ahí, en esa facultad, vio por primera vez a Greta. Delfos se convirtió, de alguna manera, en el símbolo fundacional para esta pareja de filósofos que, cuando se cuentan a sí mismos la historia de cómo se conocieron —porque igual que hay primeras piedras, existe un relato y el relato es la verdad—, dicen que fue Delfos el causante, porque le mostró otro camino a Gabriel y en ese camino la encontró a ella, a Greta. Gabriel sabe que sus hijos, Olivia y Yago, piensan en su matrimonio con Greta como en un bloque monolítico e indescifrable, un amor antiguo y fuerte que nunca han visto trastabillar. Sabe también que Olivia asocia el oráculo de Delfos a encontrar el camino, a las segundas oportunidades. Se hizo el tatuaje al cumplir los dieciocho, cuando lo dejó con su primer novio, y aquella fue la única vez que Gabriel se enfadó con ella: la filosofía, tan sagrada para él, banalizada de forma absurda en el costado izquierdo de su hija.

Gabriel tardaría tiempo en entender que la naturaleza de su enfado no era otra que la constatación de que su hija se había hecho irremediablemente adulta, mayor. Crecer es una forma de castigo, de separación de lo originario.

«Ni siquiera sabes por qué te has hecho eso», le espetó cuando se lo enseñó, y Gabriel temió que respondiera esas dos palabras: «Por ti», como hizo semanas más tarde cuando volvieron al tema. Porque para Gabriel nada hay más importante que las palabras y supo que Olivia solo trataba de acercarse más a él, al padre mítico e idolatrado que había sido para ella. Gabriel le pidió perdón y el tatuaje pasó a formar parte del relato, la versión actualizada de un mito ya gastado, con los cantos redondeados, palabras que se pasan de padres a hijos.

La llegada de su hijo, el ser más impuntual sobre la faz de la tierra, lo saca del momentáneo instante de nostalgia. Y Yago, que es también el ser más cariñoso del mundo, lo abraza, porque desde las últimas noticias aún no se han visto, y entonces, antes de que empiece a llegar la comida, Yago propone otro brindis. «Por papá. Por todo lo que vendrá.»

Gabriel lleva dos semanas preparando la fiesta. No falta nadie y, ahora sí, las fuentes de comida empiezan a llenar los rincones del salón. Han apartado los muebles, el piano, el sofá. Hay velas aromáticas que desprenden un ligero olor a vainilla. La estancia es grande y la brisa del mar se cuela a través de los enormes ventanales. La música suena, al principio como un rumor que guía y acompaña las animadas conversaciones. Gabriel, en el centro, a pesar de que a él no le gusta estar en ese lugar, escucha y cuenta. Es un hombre admirado, aunque solo la enfermedad le ha demostrado hasta qué punto.

Lo peor de la enfermedad, le dijo a Greta, es que te conviertes en nada más que eso: en un enfermo. A lo largo de esos cuatro largos años, desde el diagnóstico y los consiguientes tratamientos, su vida se había convertido, para él y para los que lo rodeaban, en una incertidumbre. Gracias a algunas pocas clases que siguió dando en la universidad había conseguido mantener una mínima normalidad, pero sentía que la vida, la vida real, se había ido a otra parte. Era cierto que la enfermedad le había dado algunas treguas, como las vacaciones en que fueron a ver leones, pero eran unas vacaciones, él lo supo, orquestadas ante una posibilidad inquietante: quizás aquella sería la última ocasión en que podía verlos. Gabriel fingió no darse cuenta de qué significaba aquel empeño de Greta, que no conseguía dormir si veía un lagarto en el porche, en hacer un safari. Pero aceptó, viajaron hacia aquel delta interior y vio a leones nadando, también grandes llanuras anegadas de agua, y fingió felicidad. Tomó fotografías, condujo una canoa llamada mokoro por angostos canales desde los que avistaba, en las orillas, animales que acudían a saciar la sed. Sin embargo, solo fue feliz cuando, aún en la canoa, cayó una tormenta repentina y torrencial. Greta se asustó pensando, sin decirlo, que quizás aquello sería perjudicial para su salud. Pero él sintió que lo único real que le estaba pasando aquellos días, lo único no premeditado, era la tormenta, el agua que le calaba. Pensó, en aquel delta del sur de África, que se deja de existir en el preciso instante en que se finge la felicidad.

Hoy, sin embargo, no finge. Existe. Es todo lo feliz que no ha podido ser a lo largo de estos últimos años. Es la esperanza, el brillo en las miradas, las copas, la ausencia de compasión. No más leones en compensación del hipotético final.

De fondo, escucha la cháchara de los demás. Sus estudiantes y discípulos, que le hablan al fin de sus inquietudes, de las tesis que tienen atascadas, de los problemas del departamento. Hay nimiedades y las nimiedades le gustan. Silvia, que se queja del nuevo plan de estudios, de que le han quitado horas de clase. La hija desgarbada y querida de sus amigos a la que se le empañan los ojos cuando habla de una ruptura reciente y de la consiguiente mudanza. Greta, que se enfada momentáneamente con él porque ha olvidado sacar la botella del congelador y ahora está helada. Hacía años que Greta no se permitía un reproche. Nadie le habla ya como si fuera a morir en cualquier momento. Ha vuelto a nacer, es él, de nuevo.

Aún no me lo creo, Gabriel. Esto tenía que ser así. Todo tiene un final. Dios aprieta pero no ahoga. Y todo lo que nos queda. Las próximas vacaciones ya no tienes ninguna excusa para no venir. ¿Cuándo empezamos a correr otra vez? ¿Te lo podrás montar para ir al congreso de Roma, entonces? Puse tantas velas pensando en ti. El dolor siempre tiene sentido. Leí una entrevista donde un actor decía que el cáncer le ayudó a dar sentido a su vida. Estas cosas escucha, y sonríe aunque tiene ganas de gritar que eso no es cierto, que el dolor aparece en multitud de ocasiones sin sentido y que menudo desastre de vida debía de tener el actor para que un cáncer le tuviera que mostrar el camino.

Hay muchos brindis y también una tarta. Su nieta llora y Olivia va a por ella. Sale Yago de la habitación donde estaba dormida y empieza a disculparse ante su hermana. «Solo quería darle un beso a mi ahijada» y «pues parece que la has despertado, ¿no?, ¿te vas a encargar de volverla a dormir?» Greta y Gabriel se miran en la distancia y los dejan discutir, como siempre han hecho, como siempre harán. Mirarse en la distancia, eso es lo que una vez le contó un fotógrafo de bodas que era la clave de las parejas que salían adelante.

Solo hay un hombre que no sonríe, que también hoy ha sentido la necesidad de quitarse las gafas. Sus pequeños ojos azules, cálidos, lo desmenuzan todo desde la esquina. Es un hombre paciente, bueno. Gabriel lo observa hablar con Greta, con amigos suyos. En estos cuatro años se ha convertido en alguien imprescindible para él. Su oncólogo, su amigo, que se marcha el primero de la fiesta y, cuando se despiden, Gabriel, de nuevo, le da las gracias. «Por dejarme hacer esta fiesta.»

Es un poco más entrada la noche cuando suben la música y todos salen al jardín. La última fiesta del verano, la primera de las muchas que darán por la recuperación de Gabriel, para la que ha venido gente desde todos los lugares. Han escogido la música ellos mismos, Gabriel y Greta, y los jóvenes se quejan de que son unos «carrozas», aunque salen los primeros a bailar.

Con la música cada vez más alta y la gente dispersa, bailando cada uno a su ritmo, los ojos cerrados, dejándose llevar, Gabriel vuelve al interior de la casa y sube a la planta de arriba, entra en su despacho y desde ahí sale al balcón que da al jardín, a la piscina alrededor de la que todos bailan. Está cansado de repente. Gotas de sudor le perlan las sienes. Apoyado en el bastón, los observa. Es feliz. Greta, Olivia y Yago, los tres agitan las manos como poseídos por la música. Su hijo ondea teatralmente las caderas y baja hasta casi el suelo y se cae. Olivia se ríe. Y el tatuaje, siempre el tatuaje. Nadie se percata de su presencia en el balcón. Siente que, a ojos de los demás, no existe, como en aquellos minutos de terror que le han durado toda la vida. La gente quizás no existe. Nadie existió jamás. O quizás sí. Es ahora cuando existe por fin, cuando no tiene futuro.

El médico le dijo «no más de un mes, a lo sumo dos», entonces se quitó las gafas de ver y él le dio las gracias. Después, desde el coche, antes de telefonear a Greta, lo llamó para pedirle ese favor: una última noche.

Ha vivido toda la vida con miedo, un miedo profundo a no existir. Sabe ahora, cuando le quedan semanas, días quizás, que existe. El reflejo de la piscina le devuelve la imagen de la luna, las luces, el pinar. Ve a Greta, el pelo ya suelto, y siente una punzada de vértigo. No le dijo ni le susurró eso de que «pronto moriré», porque él lo que desea es vivir para siempre y regalar a los que más quiere lo único y lo más precioso que le queda: unos instantes de asombrosa felicidad.

Nota de la autora

1.

Una explicación:

Dos de los relatos incluidos en *La gente no existe* cuentan una misma historia: la de si las palabras pueden hacer algo por retener lo que se va. Ya muy avanzado este libro de relatos, llegó la pandemia y me tocó escribir un texto que no habría querido escribir nunca, «Una trenza». Lo publiqué en la web del periódico *ABC*. Meses después decidí incluirlo aquí porque es una historia que dialoga, que se trenza, como su título indica, con otra: «Aquellos ojos verdes», y ambas son, en definitiva, un no-obituario, una manera de intentar rescatar del silencio, de infundir un poco de vida a lo que ya no la tiene.

2.

Un apunte a la explicación:

Maurice Blanchot cuenta que la escritura es «un dique de papel contra un océano de silencio. El silencio. Solo él tiene la última palabra. Solo él encierra el sentido desparramado a través de las palabras.

Y en el fondo, cuando escribimos tendemos hacia él [...]. Al escribir, todos queremos, sin darnos cuenta, guardar silencio». Años atrás, en la universidad, leí mucho a Blanchot, y la frase que acabo de citar encabeza mis notas del escritor e intelectual francés. Y es así, entre otras cosas, porque para mí, si bien la escritura nace de esa necesidad de guardar silencio, también surge a veces para rehuirlo. Para traer de vuelta el ruido y la vida. Por eso creí necesario incluir esos dos relatos. A pesar de que ambos traten el mismo tema. A pesar o justamente por eso.

3.

Además de una explicación con su correspondiente apunte, me gustaría que esta «nota de la autora» fuera, de hecho, un agradecimiento a todos los que me acompañáis en este proceso tan solitario que es la escritura.

Así que eso, GRACIAS:

A Txell y a Mònica, por la confianza siempre.

A Carolina, por creer en mí y por no dejar que me vaya por las ramas.

A Leti, por escuchar las ideas de estos relatos antes de que fueran relatos.

A Lara por estar siempre ahí, a través de la pantalla y fuera de ella.

A Marta, por los sabios consejos, y a Xavi, que se tomó la molestia de escribir en un documento una cosa buena de cada una de estas historias.

A Pepa, que me dijo que no era tarde.

A Rocío y a Lola.

A Isabel, que llegó, como solo ocurre en las películas, en el momento adecuado.

A mi familia, fuente inagotable de temas para mi escritura.

Y a Bernie, que me deja espacio sin perderme nunca de vista.

Este libro se terminó
de imprimir en
Móstoles, Madrid,
en el mes de
febrero de 2021